伊豆的舞孃

川端康成

目次

伊豆的舞孃

一

山路變成迂迴曲折的坡道，終於快到天城嶺時，一陣驟雨染白茂密的杉林，以驚人的速度飛快從山麓追上我。

二十歲的我，頭戴高中的制服帽，身穿深藍色白點和服與寬褲，肩上掛著書包。這是我獨自踏上伊豆之旅的第四天。我在修善寺溫泉住了一晚，在湯島溫泉住了兩晚，之後就踩著朴木高齒木屐走上天城了。重巒疊翠的群山、原生林及深邃溪谷的秋色雖令人目眩神迷，但我心頭懷著某種期待正在趕路。不久，豆大的雨滴開始打到我身上。我跑上迂迴的陡坡。終於抵達山嶺北口的茶店，鬆了一口氣的同時，我在店門口愣住了。因為我的期待完美實現。那裡有一群流浪藝人在歇腳。

看到呆站的我，舞孃立刻讓出自己的坐墊，翻到背面放到一旁。

我只說聲「好……」就在坐墊坐下。跑完上坡還在氣喘加上驚訝，讓我那句「謝謝」卡在喉頭說不出話。

和舞孃近距離面對面，我慌忙從袖口掏出香菸。她又把女伴面前的菸灰缸拖到我面前。我還是沒吭聲。

舞孃看似十七歲左右，梳著形狀奇妙、我叫不出名稱的古典大髮髻。那讓她英氣凜然的鵝蛋臉看起來非常小，同時又有種美麗的協調感。感覺就像野史中誇張描繪的那種頭髮茂密的姑娘。舞孃的同伴有一個四十幾歲的女人，兩個年輕姑娘，另外有個年約二十五、六的男人，穿著印有長岡溫泉旅館商標的外褂。

之前我就已見過這群人兩次了。第一次是我來湯島的途中，在湯川橋附近遇到正要去修善寺的他們。當時一行人之中有三個年輕姑娘，舞孃負責拿鼓。我一再轉頭回顧，感覺自己終於懂得旅途情愁。後來，在湯島的第二天晚上，他們來我住的旅館表演。舞孃在玄關口的木頭地板跳舞，我坐在樓梯中間專心觀賞。——那天在修善寺，今晚是湯島，那他們明天大概會向南越過天城去湯野溫泉吧。在天城的二十八公里山路上肯定能追上他們。我就是這樣幻想著才一路急行，結果竟在躲雨的茶店不期而遇，不由得心如小鹿亂撞。

不久，茶店的阿婆把我帶去另一個房間。這個房間平時似乎無人使用，沒有門窗。往下探頭一看，美麗的深邃山谷深不見底。我起了雞皮疙瘩，牙齒打架，渾身哆嗦。我對送茶來的阿婆抱怨好冷，「哎喲，先生您可不是渾身都濕透了嗎。先到我那邊暖暖身子，來，快去烤乾衣服。」說著，她拉起我的手，帶我去他們自家的客廳。

那個房間有地爐，一拉開門就有強烈的熱氣撲面而來。我站在門邊有點躊躇。因為有個像溺死者一樣蒼白浮腫的老頭，盤腿坐在爐邊。彷彿連眼珠都發黃腐朽的眼睛，憂鬱地瞥向我。老頭的周圍堆滿陳舊的信函和紙袋，甚至可以說整個人埋在廢紙堆中。望著那簡直不像生物的山中怪物，我呆如木雞。

「讓您看笑話了……不過，這是我家老頭子，您不用擔心。雖然難看，但他不會動，所以還請您就這麼忍耐一下。」

阿婆先這麼聲明後，根據她的敘述，老頭長年中風，已經全身不遂。那堆廢紙，都是各地傳授中風後如何養生的來信，以及從各地寄來治療中風的藥袋。老頭只要從翻越山嶺的旅人那裡聽說，或者看到報紙廣告，就會一個不漏地向全國各地尋求中風療法和成藥。並且把那些來信和紙袋都留下來，放在身邊天天看。據說長年累月後就形成那樣的舊紙堆。

我無言以對，在爐邊默默垂首。翻過山嶺的汽車震動房子。秋天都這麼冷了，再過不久便有雪染山頭，我暗想這個老頭為何不下山。我的衣服開始冒出熱氣，火勢旺得我頭疼。阿婆去前面店頭和那群流浪藝人中的女人聊了起來。

「是喔。上次帶來的女孩已經這麼大了啊。長得這麼漂亮，妳也有福氣啊。真是漂亮。女孩子就是長得快啊。」

將近一小時之後，傳來似乎是那群流浪藝人出發的動靜。我也無心安坐了，我心情忐忑，然而就是沒勇氣站起來。雖說他們已習慣旅行，畢竟還是女人，我心想就算落後一兩公里，只要我用跑的應該也追得上，同時卻又不免在爐旁焦躁。但舞孃等人離開後，我的幻想反而被解放般開始生動起舞。我問送走他們的阿婆，

「那些藝人今晚要在哪過夜？」

「像他們那種人，誰知道會在哪過夜，先生。他們只要有客人，隨便哪都能睡喔。哪有什麼今晚預定落腳的地方。」

阿婆帶著露骨輕蔑的話語煽動了我，甚至讓我覺得，既然如此不如讓舞孃今晚來我的房間睡。

雨勢變小，山峰逐漸明亮。雖然對方一再挽留說，只要再等個十分鐘就會完全放晴，但我已坐不住了。

「老先生，請多保重。天氣要變冷了。」我衷心說著起身。老頭發黃的眼睛遲滯地轉動，微微頷首。

「先生，先生。」阿婆叫著追上來。

「您給太多了。這怎麼好意思。」

她說著抱住我的書包不肯給我，我一再推拒，她還是堅持要送我一段路。她就這麼踩著小碎步跟著我走了一百米之遠，沿路始終在重複同樣的說詞。

「這怎麼好意思。也沒好好招待您。我記住您了。下次您再經過時一定要讓我聊表謝意。下次您一定要再來。我絕不會忘記您。」

我只不過留了一枚五十錢硬幣[1]，她的反應讓我非常驚愕，幾乎為之落淚，但我急著追上舞孃，因此阿婆的蹣跚步伐也讓我有點困擾。終於來

1 本文發表於大正時代末期（1926），當時五十錢可買一升米（約一．五公斤）。

到嶺上的隧道口。

「謝謝。老先生還一個人在家，妳快回去吧。」我說，阿婆這才終於放開我的書包。

走進黑暗的隧道，冰冷的水滴一滴滴落下。通往南伊豆的出口就在前方小小亮起。

二

出了隧道口，只見單側圍著白漆欄杆的山路如閃電曲折蜿蜒。就在這模型般的風景腳下，可以看見那群藝人的身影。還沒走到六、七百米，我已追上他們一行人。但我也不好立刻放慢步調，只好看似冷淡地越過女人們。獨自走在約莫二十米外的男人看到我，頓時駐足。

「您走得可真快。——天氣放晴得正好。」

我鬆了一口氣，就此和男人並肩同行。男人不斷問我各種問題。看到我倆交談，後方的女人們也腳步紛亂地跑著追上來。

男人背著巨大的柳編行李箱。四十歲女人抱著小狗。最大的姑娘拿包袱，中間的姑娘負責柳編行李箱，各自拿著大行李。舞孃背著鼓和鼓架。四十歲女人有一搭沒一搭地朝我發話。

「他是高中生耶。」大姑娘對舞孃囁嚅。見我轉頭，她笑著說，「是吧？我好歹知道這點。因為學生都會來我們島上。」

他們是大島浮波港的人。據說春天出島後四處旅行表演，等到天冷，他們沒有準備過冬的行頭，就在下田待個十天左右，從伊東溫泉回島上。聽到他們來自大島，我更感詩意，再次望向舞孃的秀髮。我問了一些關於大島的問題。

「有很多學生來游泳呢。」舞孃對女伴說。

「那是夏天吧？」我轉頭插嘴說，舞孃頓時緊張了，

「冬天也有……」她似乎是在小聲回答我。

「冬天也有？」

舞孃又看著女伴笑了。

「冬天也能游泳嗎？」我又問一次，舞孃臉紅了，神色非常認真地輕輕點頭。

「這孩子真傻。」四十歲女人說著笑了。

要到湯野，必須沿著河津川的溪谷下行約十二公里。翻過山嶺後，連山脈和天空的色調似乎都洋溢南國風情。我和男人一路說個不停，已經變得很熟絡。經過荻乘和梨本這些小村落，湯野的稻草屋頂終於在山麓出現時，我鼓起勇氣說我想和他們一起旅行到下田。他大喜過望。

在湯野的廉價小旅社前，四十歲女人做出道別的表情時，男人替我開口了。

「這位先生說想和我們結伴同行呢。」

「那真是榮幸之至。俗話說旅途靠同伴，出外靠人情。即便是我們這種小人物，或許也能為您排遣旅途無聊喔。快請進屋休息吧。」女人毫不考慮就爽快回答。姑娘們看了我一會，卻極力裝出若無其事地保持沉默，只是有點羞澀地打量我。

我和大家一起走上旅社二樓放下行李。榻榻米和拉門都老舊骯髒。舞孃從樓下端茶上來。在我面前坐下後，她滿臉通紅兩手顫抖，因此茶杯差點從茶托掉落，她連忙往榻榻米一放，茶水因此灑出。她實在太羞澀了，令我目瞪口呆。

「哎喲！三八。這丫頭居然動了春心。我的天啊……」四十歲女人好氣又好笑地蹙眉扔來手巾。舞孃撿起手巾，拘謹地擦拭榻榻米。

這意外的說詞，讓我驀然反省自身。我感到被嶺上阿婆煽動的幻想猝然夭折。

後來四十歲女人突然開口，

「讀書人的藍底白點和服真好看。」說著還仔細打量我。

「這位先生的衣服和我家民次的是同樣花色呢。你們瞧，對吧？是同樣花色吧？」

向身旁的女人幾度確認後，她對我說，

「我把上學的孩子留在家鄉，現在又想起那孩子了。因為您這身衣服和那孩子的一模一樣。最近藍底白點和服也變得很貴，真是傷腦筋。」

「他念什麼學校？」

「小學五年級。」

「噢？小學五年級啊……」

「他是去甲府上學喔。雖然長年待在大島，但我們的家鄉在甲斐[2]的甲府。」

休息一小時後，男人帶我去別的溫泉旅館。之前我一直以為我也會和他們一起住在廉價小旅社。我們從街道走下碎石子路和石階，大約走了一百米後，越過小河畔公共溫泉旁的橋。橋那頭就是溫泉旅館的庭院。

我在那裡泡溫泉時，男人也隨後進來了。他說他今年二十四歲，妻子二度流產和早產，孩子不幸夭折。他穿著長岡溫泉商標的短褂，因此我一直以為他是長岡人。觀其相貌和談吐也頗有知識，我猜想他不是太好奇就是真心愛上藝人姑娘，所以才會甘願替她們背行李一路跟來。

泡過溫泉我立刻吃午餐。早上是八點從湯島出發，此刻還不到三點。

男人臨走時，從院子仰頭向我道別。

「拿去好歹買點柿子吃。不好意思，我就直接從二樓丟了。」我說著扔下一包錢。男人推辭之後就想走，但紙包一直躺在院子地上，於是他又折返撿起，

「您可別這麼做。」他說著把錢拋還給我，結果掉到稻草屋頂上。我

2 甲斐，亦稱甲州，現在的山梨縣。甲府是縣內人口最多的城市。

又扔下去給他，這次男人拿錢走了。

傍晚開始下大雨。群山失去遠近感，一律染成白茫茫，門前小河轉眼變得黃濁，發出劇烈水聲。我心想這麼大的雨，舞孃一行人不可能來表演，但我還是坐不住，三番兩次跑去泡溫泉。室內昏暗。和鄰室之間的拉門上開了一個方洞，從門楣垂落電燈，一盞照明二室兼用。

咚咚咚……激烈的雨聲遠處隱約響起鼓聲。我急吼吼地打開遮雨板整個身子探出去。鼓聲似乎逐漸接近。風雨敲打我的頭。我閉眼豎耳傾聽，一邊努力試圖確定大鼓究竟是從哪走來。不久傳來三弦琴的聲音。還有女人悠長的叫喊、熱鬧的笑聲。於是我知道，藝人們是被叫去小旅社對面的餐廳宴席上表演。可以聽出兩三女人的聲音和三、四個男人的聲音。既然去那裡表演了，應該也會來這裡吧，我耐心等待。但那場酒宴不只熱鬧，似乎已演變成瞎胡鬧。女人的尖叫不時如閃電犀利劃過暗夜。我繃緊神經，始終敞著門枯坐不動。每次聽見鼓聲，心頭就微微一亮。

「啊，舞孃還坐在宴席上。她正坐著打鼓。」

鼓聲一靜止我就受不了。我沉落到雨聲的底層。

之後，他們不知是在玩捉迷藏還是繞著圈跳舞，凌亂的腳步聲持續了好一陣子。最後聲音戛然而止。我睜亮雙眼監視，試圖透過黑暗看清那種安靜是怎麼回事。我苦惱舞孃今夜是否會被玷汙。

我關上遮雨窗鑽進被窩後，還是心口滯悶。於是又去泡溫泉。我粗魯地胡亂攪動熱水。雨停了，皓月當空。被大雨洗滌過的秋夜皎潔明亮。我發現自己就算赤腳衝出澡堂也無能為力。已是深夜兩點多了。

三

翌晨九點過後，男人就來旅館找我了。剛起床的我邀他一起去泡溫泉。在萬里無雲的南伊豆美麗的十月小陽春，雨後水位上升的小河在澡堂

下方暖洋洋曬著太陽。自己也覺得昨夜的苦惱如一場迷夢，但我還是試探著對男人說，

「昨晚到半夜還是很熱鬧啊。」

「怎麼，您聽見了？」

「當然聽見了。」

「都是本地人。本地人就愛胡鬧，一點意思也沒有。」

他看起來太若無其事，我只好緘默。

「那些傢伙就在對面的溫泉。——您瞧，好像發現我們了，還笑著呢。」

被他伸手一指，我朝河對岸的公共溫泉浴場望去。只見濛濛蒸氣中有七、八個人的裸體若隱若現。

昏暗的澡堂深處，突然走出一個裸女，隨即已在脫衣場突出處擺出跳水的姿勢站定，雙手筆直伸長，不知在叫嚷什麼。渾身上下光溜溜，連條手巾也沒有。那是舞孃。望著她雙腿筆直如幼小泡桐的白皙裸體，我感到

清泉流過心間，長吐一口氣後，不禁輕聲笑了。她還是個小孩子呢。發現我們後太開心，孩子氣的她甚至光著身子就衝到陽光下，踮起腳尖極力挺直腰桿。開朗的喜悅令我笑個不停。頭腦如被擦拭過般澄明。微笑始終止不住。

舞孃的頭髮太茂密，所以看似十七、八歲。而且她又裝扮得像個大姑娘，這才讓我產生荒謬的誤會。

和男人一起回到我的房間後，不久大姑娘來旅館的院子看菊花花圃。舞孃也走到橋中央。四十歲女人走出公共溫泉瞪著兩人。舞孃縮起肩膀，對我露出笑容示意「要挨罵了，我得趕快回去」，隨即快步折返。四十歲女人來到橋上對我喊道，

「您過來玩嘛。」

「您過來玩嘛。」大姑娘也說出同樣的話，後來女孩們就回去了。男人在我房間一直坐到傍晚。

當晚，我正和四處推銷紙類的行商下棋，旅館院子突然傳來鼓聲。我想起身了。

「有人來表演了。」

「不了，那種東西太無聊。快、快，該你了。我下在這裡。」賣紙的商人戳著棋盤急著一決高下。我坐立不安之際，藝人們似乎要走了，男人從院子喊我，

「晚安。」

我去走廊對他招手。藝人們在院子竊竊私語片刻後繞到玄關。三個女孩依序從男人身後說「您好」，跪坐在走廊上像藝妓那樣行禮。棋盤上突然出現我的敗相。

「這下子沒轍了。我投降。」

「哪有這回事。明明是我下得比較糟。不管怎樣，誰勝誰敗還很難說呢。」

賣紙的對藝人不屑一顧，一一細數棋盤上的棋目後，越下越謹慎。女人們把大鼓和三弦琴收拾到房間角落，開始在將棋盤上玩五子棋。後來我輸掉了本來穩居上風的棋局。賣紙的纏著我不斷要求，

「再來一盤吧，拜託再來一盤。」

但我只是無意義地一直笑，賣紙的只好死心站起來。

女孩們走近棋盤。

「你們今晚接下來還要去哪表演嗎？」

「本來是要去啦……」男人說著，望向女孩們。

「怎麼樣？今晚就不表演了，留下來玩吧？」

「太好了。太好了。」

「不會挨罵嗎？」

「怕什麼，反正就算四處遊走也不會有客人。」

於是我們玩五子棋，直到十二點多他們才離開。

舞孃走後，我毫無睡意的腦袋越發清醒，我只好去走廊試著喊，

「賣紙的，賣紙的。」

「來囉……」年近六十的老頭衝出房間，精神振奮地說。

「今晚挑燈夜戰。要下到天亮喔。」

我也變得非常好戰。

四

我們約好隔天早上八點離開湯野。於是我戴著在公共溫泉浴場旁買的鴨舌帽，把高中的制服帽塞進書包底層，前往街道旁的小旅社。二樓的門窗是敞開的，因此我沒多想就上樓，沒想到藝人們都還在睡覺。我錯愕地呆站在走廊。

舞孃就躺在我腳邊的被窩，滿臉通紅地用雙手蒙著臉。她和二姑娘睡

一個被窩。臉上還留著昨夜的濃妝。嘴唇和眼角的胭脂有點暈開。這種滿盈情緒的睡姿令我怦然心動。她瞇著眼翻個身，保持雙手蒙臉的姿勢鑽出被窩，在走廊坐下，

「昨晚謝謝您。」她漂亮地行禮，呆站著的我不知所措。

男人和大姑娘睡一個被窩。目睹這一幕之前，我壓根不知兩人是夫婦。

「真是不好意思。本來打算今天出發，可是今晚可能還有人叫我們表演，所以我們決定多待一天。如果您堅持今天走，那我們就在下田會合。我們已經預定了甲州屋這家旅社，您一去就找得到。」四十歲女人從被窩半支起身子說。我感到被排擠在外。

「能否明天再走？我媽堅持非要多待一天。還是結伴同行比較好喔。明天大家一起走吧？」男人說，四十歲女人也跟著又說，

「就這麼辦吧。承蒙您賞臉結伴同行，這麼任性實在很抱歉……明

天就算天上下刀子我們也絕對會出發。後天是在旅途中夭折的寶寶的七七忌日，我們早就決定七七這天一定要在下田為寶寶聊表心意，所以我們才一路急行要在那天之前抵達下田。這麼說或許很冒昧，不過我們能相遇是不可思議的緣分，後天請您也祭拜一下。」

於是我也決定延後出發，就這麼下樓了。等候大家起床的同時，我在破舊的帳房櫃檯和旅社的人說話，男人忽然邀我去散步。沿著街道往南走一小段路，就有漂亮的橋。倚靠橋欄，他開始敘述身世。他說曾在東京短暫加入一群新派演員。據說迄今仍不時在大島的港口表演戲劇。我看到他們的包袱像長腳似地露出一截刀鞘，他說在料亭宴席上表演時也會演戲。柳編行李箱中裝的，則是衣服和鍋碗瓢盆等生活用具。

「我是誤入歧途才淪落到此，但家兄在甲府很爭氣地繼承家業。所以我在家等於是多餘的。」

「我一直以為你是長岡溫泉的人。」

「這樣啊。那個大姑娘是我老婆喔。她比你小一歲，今年十九，旅途中第二胎早產，孩子只活了一週就死了。我老婆身體還沒恢復。那個老太婆是我老婆的親媽。舞孃是我的親妹妹。」

「噢？那你說的年方十四的妹妹……」

「就是她。本來一心想著至少絕不能讓妹妹做這一行，可是其中又有種種不得已。」

然後，他自稱榮吉，告訴我他老婆叫做千代子，妹妹叫做小薰。只有另一個十七歲的女孩百合子是土生土長的大島人，是雇來的。榮吉變得異常感傷，泫然欲泣地凝視河流淺灘。

等我們散步回來，只見洗淨脂粉的舞孃蹲在路旁撫摸小狗腦袋。我想回自己的旅館了，於是說，

「妳可以過來玩。」

「好。可是我一個人……」

「當然是找妳哥一起。」

「那我們馬上過去。」

不久榮吉來到我的旅館。

「其他人呢？」

「女孩們被老媽管得很嚴。」

不過，我倆下了一會五子棋，女人們就過了橋，咚咚咚地上二樓來了。他們一如往常鄭重行禮後跪坐在走廊不敢進來，最後是千代子率先站起。

「這是我的房間。不用客氣，快請進。」

他們玩了一小時左右就去這旅館的室內浴池。雖然再三邀我一起去泡溫泉，但是有三個年輕女孩在場，我搪塞說晚點再去。結果舞孃一個人很快就上樓來了。

「嫂嫂說要幫您洗背，叫您快去。」她替千代子傳話。

我沒去泡溫泉，和舞孃下起五子棋。她強得不可思議。如果採取淘汰制，每次榮吉和其他女人都會輕易落敗。玩五子棋通常連戰皆捷的我，碰上她卻得使盡全力。不用刻意放水讓我覺得很痛快。此刻只有我倆，所以起初她坐在老遠的地方伸長手下棋，可是漸漸渾然忘我，整個人都快撲到棋盤上。美得不自然的黑髮幾乎碰到我的胸。突然間，她漲紅了臉說，

「對不起。我要挨罵了。」丟下棋子拔腿就跑了。原來是老媽站在公共溫泉前。千代子和百合子也慌忙從浴池起身，沒上來二樓就直接逃回去了。

這天，榮吉也是從早到晚都待在我的旅館玩。看似純樸親切的旅館老闆娘忠告我，請那種人吃飯太浪費。

晚上我去小旅社，舞孃正在向老媽學習三弦琴。看到我出現就停了下來，在老媽的喝斥下才又抱起三弦琴。每當她歌聲稍微高亢時，老媽就會說，

「不是叫妳不能大聲嗎！」

從我這邊可以看見，榮吉被叫去對面餐廳的二樓包廂不知在低吟什麼。

「那是在幹嘛？」

「那個——是歌謠。」

「他唱歌倒是奇怪。」

「他是樣樣皆通，樣樣稀鬆，所以誰也不知道他會表演什麼。」

這時一個據說租借這旅社房間賣鳥的四十歲左右男子拉開門，說要請女孩們吃大餐。舞孃和百合子一起拿著筷子去隔壁，享用賣鳥的吃剩下的雞肉火鍋。一起來這邊房間的途中，賣鳥的輕拍舞孃的肩膀。老媽立刻板起臉。

「喂！不准碰這孩子。她可是黃花閨女。」

舞孃滿嘴大叔長大叔短，懇求賣鳥的朗讀《水戶黃門漫遊記》給她聽。可是賣鳥的很快就走了。舞孃不敢直接叫我讀後續內容，頻頻慫恿老媽來拜託我。我抱著某種期待拿起小說。舞孃果然立刻湊近。我開始朗讀後，她的臉幾乎貼到我肩上，露出認真的神情，兩眼發亮地專心盯著我的額頭，眼也不眨。這似乎是她聽人念故事書時的癖性。剛才她也是幾乎和賣鳥的臉貼臉。我親眼看到的。這美麗晶亮的烏黑大眼是舞孃全身最美之處。雙眼皮的線條美得難以形容。還有她的笑顏如花。笑顏如花這句話用在她身上再適合不過。

不久，餐廳的女服務生來接舞孃去表演。舞孃穿上舞衣後對我說，

「我馬上回來，您要等我，繼續念給我聽喔。」

之後她到走廊上跪地行禮，

「我走了。」

「不准唱歌喔。」老媽說，她提著鼓微微頷首。老媽轉頭對我說，

「因為她現在正是變聲期……」

舞孃在餐廳二樓端坐打起大鼓。她的背影看似就在隔壁包廂。鼓聲令我心情快活雀躍。

「鼓聲一加入，包廂也熱鬧起來了。」老媽看著對面說。

千代子和百合子也去了同一個包廂。

過了一小時左右，四人一起回來了。

「就這點錢……」舞孃攥緊的拳頭鬆開，朝老媽的掌心嘩啦啦落下五十錢硬幣。我又念了一會《水戶黃門漫遊記》。他們再次提起旅途夭折的孩子。據說嬰兒出生時透明如水。連哭的力氣都沒有，但還是活了一星期。

我對他們不好奇，也不輕蔑，彷彿連他們是流浪藝人這種身分都忘記，我這樣態度尋常的好意，似乎令他們銘感五內。不知不覺已說定改天要去他們在大島的家作客。

「爺爺那房子應該最適合。那裡夠寬敞，而且只要把爺爺轟出去就很安靜，您要待多久都行，也可以專心念書。」他們互相討論後對我說。

「我們有兩間小房子。靠山的那一間現在空著。」

我們說好正月時我再來幫忙，大家一起在波浮港演戲。

我逐漸明白，他們四處賣藝並非我最初想像的那麼艱辛，其實不失野趣，非常逍遙。正因為是母子手足，也能感到彼此之間有骨肉至親的親情維繫。只有雇來的女孩百合子，一方面也是因為正值最羞澀的年紀，總是在我面前低頭不語。

夜半過後我離開小旅社。女孩們送我出去。舞孃替我擺正木屐。她從門口探出頭，眺望明亮的夜空。

「啊，月亮出來了。——明天就去下田了，真好，寶寶的七七忌日，媽要給我買梳子，還有很多事要做呢。您帶我去看電影吧。」

下田港，被沿著伊豆相模的溫泉區四處流浪的藝人視為客途故鄉，是個瀰漫懷念氣息的城市。

五

藝人們各自拿著和翻越天城嶺時同樣的行李。小狗把前腳搭在老媽交抱的手臂上，看似早已習慣旅行。離開湯野後，又進入山中。海上的朝陽溫暖山腹。我們望向朝陽。河津川的前方有河津灘豁然開闊。

「那就是大島吧。」

「看起來就很大吧，您一定要來喔。」舞孃說。

或許是秋日天空太過晴朗，靠近太陽的海面如春日氤氳朦朧。從這裡到下田還要走二十公里。好一陣子大海就這麼忽隱忽現。千代子悠然放聲歌唱。

途中被問到要走有點崎嶇卻可少走近兩公里路的翻山捷徑，還是走輕鬆好走的主要街道時，我當然選擇了捷徑。

那是坡度陡峭滿地落葉幾乎令人滑倒的林蔭山路。因為喘不過氣，我反而半帶自暴自棄地用手掌撐著膝蓋加快腳步。轉眼一行人已被我甩在後頭，只有說話聲從樹叢中傳來。舞孃一個人高高拽起下襬，大步跟著我。她跟在我身後保持兩米左右的距離，既沒有縮短也沒有拉長彼此之間的距離。當我轉頭對她說話，她就驚訝地面帶微笑駐足回答我。舞孃說話時，我刻意停下好讓她追上我，可她也同樣停下腳步。我不走她也不走。山路蜿蜒曲折來到更陡峭之處後，我越發加快腳步，舞孃還是在我身後保持兩米距離專心走上山。山中靜謐。其他人落後一大截，也逐漸聽不見他們的說話聲了。

「你家在東京的哪裡？」

「不，我住學校宿舍。」

「我也去過東京，賞花時節去跳舞……可惜小時候什麼也不記得。」

然後舞孃又有一搭沒一搭地問起「你爸還在嗎」、「你去過甲府嗎」

這些問題。她說抵達下田後要去看電影，又提起死去的嬰兒。

我們來到山頂。舞孃把大鼓放到枯草中的長椅，拿手帕擦汗。接著看似要拍去腳上的塵土，卻猛然蹲在我腳邊替我拍去褲腳的塵土。我急忙退開，舞孃的膝蓋頓時狠狠撞到地上。她保持弓身的姿勢替我身子周遭撢灰後，這才把撩起的下擺放下，對著喘氣站著的我說，

「請坐。」

一群小鳥飛來長椅旁。四周安靜得連小鳥駐足的枝頭枯葉沙沙作響都聽得見。

「你為什麼要走那麼快？」

舞孃似乎很熱。我拿手指輕敲大鼓，小鳥倏然飛去。

「唉，好想喝水。」

「我去找找看。」

然而，舞孃不久就從泛黃的雜樹林之間空手而歸。

「在大島時妳都在做什麼？」

於是舞孃唐突舉出兩三個女人的名字，開始敘述我一頭霧水的故事。那似乎和大島無關，而是她在甲府時的事。那幾人大概是她讀到小學二年級為止時的同學。她回想起什麼就說什麼。

等了十分鐘，三個年輕人爬到山頂了。老媽又過了十分鐘才抵達。下山時我和榮吉刻意殿後，一邊慢吞吞聊天一邊出發。走了大約兩百米，舞孃從下方跑回來。

「這下面有山泉。我們都等著不敢先喝，請趕緊過去。」

聽到有水，我拔腿就跑。只見樹蔭下的岩石間湧出清泉。女人們環繞山泉而立。

「來，您先喝。手伸進水中會弄濁，我怕您在女人之後喝，會嫌不乾淨。」老媽說。

我伸手捧起冰涼的泉水喝下。女人們遲遲不肯離開。忙著扭絞手巾或擦汗。

下了山來到下田街道，只見燒炭的黑煙縷縷升起。我在路旁原木坐下休息。舞孃蹲在路上，用桃紅色梳子替小狗梳開糾結的毛。

「這樣梳齒會斷喔。」老媽警告。

「沒關係。反正要在下田買新的。」

打從在湯野時，我就想跟她討插在前髮的梳子，所以我覺得她不該用來給狗梳毛。

道路對面放著成捆川竹。我和榮吉一邊討論那拿來做手杖正好，一邊率先起身。舞孃小跑步追來。拿著一根比她還高的粗大竹子。

「妳拿這幹嘛？」榮吉問，她有點不知所措地把竹子塞給我。

「給你當手杖。我抽出最粗的一根。」

「不行啦。粗的一看就知道是偷拔的，讓人看見多不好。快點放回去。」

她只好折返成捆竹子那邊，然後再次跑回來。這次她給我一根約有中指粗細的竹子。接著她仰身向後一倒，背部幾乎撞上田埂，痛苦地喘息等待其他女人。

我和榮吉一直領頭走在十幾公尺外。

「他那個只要拔掉裝上金牙就沒事了。」舞孃的聲音驀然傳入我耳中，我不由得轉頭一看，她正和千代子並肩同行，老媽和百合子走在她們後頭略遠處。千代子似乎沒發現我回頭，說道，

「那倒是。妳何不這麼告訴他？」

好像是在講我。千代子說我的牙齒參差不齊，舞孃才會提到金牙吧。雖然好像在議論我的容貌，但我並不反感，而且感覺已經很親密，甚至不覺得是在偷聽。她們又低聲交談一會後，我聽見舞孃說的話。

「他是好人。」

「那倒是，似乎是個好人。」

「他真的是好人。好人就是好耶。」

這種說話方式帶有單純直接的味道。是那種把感情幼稚地大剌剌拋出來給人看的聲音。連我自己都能率直地感到我的確是個好人。我快活地抬眼眺望明媚的群山。眼皮內微微刺痛。二十歲的我一再嚴格反省自己因孤兒本性而扭曲的個性，我就是難以忍受那種幾乎窒息的憂鬱，才會來伊豆旅行。所以，此刻有人就世間一般意義認定我是好人，讓我難以言喻地心生感激。群山明媚是因為下田海岸已逐漸接近。我揮舞剛才那根竹杖砍斷秋草頂端。

途中，各處村落入口都豎有告示牌。

——乞丐與流浪藝人不得入村。

六

甲州屋這家小旅社在進入下田北口後就到了。我跟在藝人們後面被帶往小閣樓似的二樓。沒有天花板，坐在面向街道的窗邊，頭已經要碰到屋頂。

「肩膀不痛嗎？」老媽一再向舞孃確認。

「手不痛嗎？」

舞孃做出打鼓時的美麗手勢。

「不痛。我能打，我能打。」

「那就好。」

我試著提起鼓。

「咦，很重呢。」

「那是比你以為的重。比你的書包還重喔。」舞孃說著笑了。

他們和旅社的人們熱絡地互相寒暄。那些人也都是藝人和跑江湖的小販之流。下田港似乎是這種候鳥的老巢。舞孃給偷跑進房間的旅社小孩銅板。我要離開甲州屋時，舞孃先去玄關替我併攏木屐，

「要帶我去看電影喔。」她又自言自語般嘟囔。

找了個看似無賴的男人帶路，我和榮吉去了據說是前任鎮長開的旅館。泡澡後，我和榮吉一起吃有鮮魚的午餐。

「這你拿去，明天做法事時替我買束花上供。」

我說著，包了一點錢讓榮吉帶回去。我必須搭乘明天早上的船回東京。我已經沒有旅費了。我說是學校有事，因此藝人們也不好再強留我。

午餐後不到三小時就吃晚餐，之後我獨自過橋去下田北邊。我走上下田富士眺望港口。回程順道去甲州屋一看，藝人們正在吃雞肉火鍋。

「要不要吃一口？被女人吃過雖然不乾淨，但也可以當成日後的笑料

喔。」老媽從行李取出碗筷，叫百合子去洗一洗。

明天是嬰兒的七七，大家又叫我好歹晚一天再出發，但我拿學校當擋箭牌堅持不鬆口。老媽再三表示，

「那寒假時我們去船上接您。您記得通知我們日期。我們恭候大駕喔。別去什麼旅館了，我們去船上接您。」

房間只剩千代子和百合子時，我邀他們去看電影，千代子按著肚子給我看，

「我身體不舒服，走了那麼多路吃不消。」她臉色蒼白渾身無力。百合子僵硬地低下頭。舞孃在樓下和旅社的小孩玩。一看到我，她就纏著老媽苦苦哀求讓她去看電影，最後很沒面子似地茫然回到我這邊，替我放好木屐。

「老媽怎麼說？就算帶她一個人去又有什麼關係？」榮吉也幫著去說情，但老媽好像還是不答應。為什麼她一個人就不能去，我實在百思不

解。我要走出玄關時，舞孃在摸小狗的頭。看起來疏離得讓我不敢對她發話。她似乎連抬頭看我的力氣都沒了。

我只好獨自去看電影。女解說員在油燈下朗讀電影情節說明。我立刻走出電影院回旅館。支肘倚靠窗框，眺望夜街良久。這是個昏暗的小鎮。遠處似乎不斷傳來幽微鼓聲。我莫名地潸然落淚。

七

出發的早上，七點吃早飯時，榮吉站在路上喊我。他穿著有家徽的黑色外褂。似乎是為了替我送行特地穿上禮服。沒看到女人們。我已開始感到寂寞。榮吉上樓來房間說，

「大家都想送你，可是昨晚睡得晚，早上起不來，只好失禮了。冬天我們等你，請你一定要來。」

秋天的晨風吹過小鎮很冷。榮吉路上買了四盒敷島香菸和柿子，還有卡歐魯這個牌子的口含清涼錠給我。

「因為我妹妹叫做小薰（Kaoru）。」他微笑說。

「搭船吃橘子不好，但柿子好像對暈船很有用，可以帶在路上吃。」

「這個送你吧。」

我摘下鴨舌帽扣到榮吉頭上。接著從書包取出學校的制服帽抹平皺痕，兩人相視而笑。

走近碼頭，蹲在海邊的舞孃身影映入我心。她一直沒動，直到我走到她身旁。她默默鞠躬。臉上還帶著昨晚的濃妝讓我更加心旌搖曳。眼尾的胭脂讓她看似生氣的臉有種稚嫩的凜然英氣。榮吉說，

「其他人也會來嗎？」

舞孃搖頭。

「大家都還在睡？」

舞孃點頭。

榮吉去買船票和舢舨票時，我試著找各種話題對她說話，但她始終垂眼看著運河入海處一言不發。我每次話還沒講完，她就一直拼命對我點頭。

這時，

「阿婆，這個人應該很適合。」一個看似建築工的男人走近我。

「同學，你是要去東京吧？看你應該是個好人，所以我想拜託你一件事。你能不能帶這個阿婆去東京？阿婆很可憐。她兒子本來在蓮台寺的銀礦工作，結果兒子和媳婦都死於這次的流行性感冒[3]。只留下三個這樣的孫兒。實在沒辦法，所以我們商量之後決定送她回鄉。她家鄉在水戶，但是阿婆什麼都不懂，所以抵達靈岸島後，你能不能送她去坐開往上野車站的電車？我知道很麻煩，算我們求求你。你就看她這樣，應該也覺得她可憐吧。」

呆站著的阿婆，背上還綁著嬰兒。左右手各牽著一個三歲和五歲的女孩。骯髒的包袱可以看見大飯糰和醃梅子。五、六名礦工在安慰阿婆。我爽快地答應照顧阿婆。

「那就拜託你了。」

「謝謝，我們本來該把他們送到水戶，可是身不由己。」礦工們紛紛向我道謝。

舢舨晃得很厲害。舞孃在舢舨上還是緊閉雙唇凝視別處。我要抓住繩梯時轉過頭，本想說聲再見，卻又作罷，只是再次對她點點頭。舢舨回碼頭了。榮吉頻頻揮舞我剛才送給他的鴨舌帽。直到船行很遠後，舞孃才開始揮舞白色的東西。

3 這次的流行性感冒，被稱為西班牙感冒或大正感冒，自大正七年（1918）秋天開始蔓延全球，到了翌年冬天時，日本全國確診者有一百五十萬，死者多達十五萬。

汽船出了下田海面，直到伊豆半島的南端消失在後方，我一直倚欄專心眺望外海的大島。和舞孃離別彷彿已成遙遠往事。我探頭看船艙的阿婆在幹嘛，只見人們已圍著她坐成一圈，似乎說盡各種好話安慰她。我安心了，走進隔壁船艙。相模灘的浪頭很高。坐著不時會東倒西歪。船員四處分發金屬小臉盆。我枕著書包躺下。腦袋放空，感覺不到時間。眼淚一滴滴流到書包上。臉頰濕冷甚至不得不把書包翻個面。我旁邊躺著一個少年。據說是河津某工廠老闆的兒子，要去東京準備入學，所以似乎對戴著一高制服帽的我頗有好感，聊了一會後，他說，

「你是不是遭逢什麼不幸？」

「不是，我只是剛剛與人訣別。」

我非常誠實地說。就算被人看到我哭也無所謂。我什麼都沒想。似乎在異常純淨的滿足中安靜沉睡。

不知何時海上就天黑了，但網代和熱海有燈光。我覺得有點冷，肚子

也餓了。少年打開竹皮飯包請我吃。我幾乎忘了那是別人的東西，大口吃下海苔壽司捲。然後鑽進少年的學生斗篷內。就算旁人對我再怎麼親切，我也能異常自然地接受，心情有種美妙的空虛。明天一早把阿婆帶去上野車站替她買去水戶的車票，似乎也是極為理所當然。我感到一切都融合為一。

船艙的油燈熄滅了。船上堆積的生魚和海水的氣味越發強烈。漆黑中被少年的體溫溫暖著，我任由淚水奔流。腦子彷彿清澄如水，滴滴答答流出，之後什麼也沒留下，有種甜美的暢快。

溫泉旅館

夏逝

一

她們像野獸一樣，裸著白皙的身子四處爬行。

這些脂肪圓潤又遲鈍的裸體——以膝蓋在微暗的蒸氣底層爬行的胴體，是滑膩黏稠的獸形。唯有肩膀的肌肉，像種田人那樣強壯地活動。還有黑髮那種色澤帶有的人味——猶如一滴滴高貴的悲情，是多麼鮮明的人味。

阿瀧把棕刷一扔，跳木馬似地跳越高窗，猛然跨在水溝上蹲身，一邊發出水聲一邊說，

「秋天到了。」

「的確是秋風。說到入秋後避暑地的冷清，就像船出航後的港口……」澡堂裡的阿雪模仿都會女子那種嫵媚的，而且是有戀人同行的女子口吻說。

「妳裝什麼成熟啊，小不點。」阿芳拿棕刷打她的腰，

「東京人從八月初就開始嚷著秋天長秋天短的。還以為山裡一年到頭吹著秋風。」

「我跟妳說喔，芳姐，我如果是那種都市小姐，會說得更巧妙。比方說，入秋後避暑地的冷清就像嫁不出去的女人。」

「真不好意思。別看我這樣，我可是嫁過三次了呢。在妳們這個年紀，我早就已經有老公了。」

「那麼不如這樣說？——入秋後避暑地的冷清，就像嫁了三次都被退貨的女人！」阿雪說著，拔腿跑向河岸。

阿瀧挺直腰桿，依舊蹲在小溝上，眺望都市人所謂的「秋意」。然而——鄉里山脈只有一輪明月浮現。她就算去城裡，也不曾想起溫泉鄉這山澗水聲。她鼓起的肚子從未懷胎超過五個月，此刻被柞樹樹梢篩落的月光染成斑馬紋。

阿芳從窗口探頭，

「阿瀧，妳又犯壞毛病了，這是用來洗餐具的河水耶。」

「文謅謅地講什麼『餐具』，我聽不懂啦。」

「下游還有香魚的魚池，而且還有人洗米呢。」

「反正會被水沖走。」

「妳這個馬女！」

然而，阿瀧對她不理不睬，逕自說，

「阿雪會游泳嗎？」她握著小姑娘的手腕，越過河岸的橋，看到阿雪因裸體而羞澀地縮起肚子，她用力推她腦袋，

「快走！」

「我腳痛。因為光著腳。」

至於澡堂那邊——當然是在說她倆的壞話。兩人的頭髮都惹眼地粗厚茂密。那種性感的烏黑，讓其他女人平時就感到兩人有種天生的色情氣息。而且兩人整個夏天都睡一個被窩。更何況，今晚要分發八月的小費。

「她倆交出自己拿到的小費時一定向帳房虛報數字了。大概還很得意，所以現在兩人才躲開說悄悄話。」

「肯定是對平均分配不服氣……」

然而事實上，對於「平均分配」的正義，七個女人都滿腹不平。就連自己也承認是農家女的阿時都抱怨，自己拿到的小費好像最少——是的，她只是因為這個弱點，才從浴池底下特地伸出頭說，

「那種人跟我們出身不同啦。一個做過肉鋪的女傭，另一個在藝妓館替人帶過小孩——難怪那麼奸詐。」

阿瀧像抱著成捆蔬菜那樣抱起阿雪，越過橋那頭的踏腳石。有橋通往溪流中的小島，建了涼亭，構成旅館的庭院。水潭周圍有月光亂射，彷彿成群銀色候鳥溺水。岩石之潔白——與對岸杉林的秋蟲唧唧合而為一，逼近她的裸體。

浴池那邊似乎已打掃完畢，傳來小木桶放在水泥上的聲音。阿瀧發現涼亭的柱子旁有煙火。阿雪從紫薇樹的枝頭取下客人的泳衣，把腳伸進去。

「妳瞧，這麼大件——都到我膝蓋了。」

「那是男人的喔。」

剩下的女人們穿著睡衣過橋來了——若是以往，她們早就倒頭呼呼大睡了。可是今晚，包括本來每晚兩人一組輪班打掃澡堂的工作，也七人全部到齊。拿到錢的她們，就像狂歡節的前夕——她們嘲笑穿著鬆垮泳衣、梳桃心髻的阿雪，回想起夏天和男客的種種約定，感到強烈的飢餓，毒舌

地數落客人們的毛病，這時阿瀧說，

「阿時和阿谷只做到明天吧。不如來放煙火當作臨別紀念？」

煙火是濕的。

「阿雪。秋天啊，就像濕掉的煙火。」第二次糟蹋了十五、六根火柴後，火球終於發出爆裂聲貫穿滿樹綠葉的櫻樹樹梢。

眾人一齊尖叫著仰望，但她們看到的是——曬衣台上掛著一個身披浴衣的男人。旅館建在溪谷岸邊的斜坡上。前門玄關和地面保持水平，但後方曬衣台是跳起來才搆得到的高度。此刻掛在那裡的男人，懸空晃動的雙腿好不容易勾住圓木柱後，笨拙地用力向上爬。

「哎喲，是鶴屋。」

「那個人的毛病，到了那種地步也很厲害呢。」

阿芳噓聲抬手阻止她們大笑。

「我把走廊的門鎖了，所以他才繞到後面。」

男人像瘋了一樣拉扯遮雨板，最後雙手抬起拆下後，連同那扇遮雨板重重掉進女服務生的房間。窗內一片漆黑，阿芳忽然朝著橋跑去。大家也倉皇起身。阿雪連忙脫下泳衣。

「別管了。她們擔心的是錢包。」阿瀧說著，用力摟著對方肩膀倒下，

「煙火還有呢。」

這時有兩個小賓館的妓女從上游走來，搖搖晃晃跳下岩石，偷偷來泡旅館的溫泉。男人們隨後跟來。阿瀧把腿上的阿雪推開站起來，

「混蛋，看我去教訓那女人。」

二

阿瀧家的院子有整片波斯菊——不過，那片花田用竹籬圍起，養了雞。只見修長的花莖東倒西歪，沾滿泥土。那是從村中墳山下行溪谷的層

層梯田中唯一一棟房子。所以有豐沛的陽光和清風。屋後籠罩稻草屋頂的竹林，總像是有成群小沙丁魚游過般晃動，但阿瀧和她母親都沒聽過葉子摩擦聲。

阿瀧十三、四歲時，就能不用馬鞍騎馬奔馳。背著整筐葉片光滑的青色山葵，從山上騎馬而來的她，是綠色的晨風。

到了十五、六歲時，正月和夏季那兩個月，旅館的女服務生人手不足時，她開始去幫忙。她在澡堂脫光時，池中的男客們全都倏然沉默了。修長的手腳看似已到了最美的青春年華，她是白色的鐵。

阿瀧的肚子和她母親的肚子，呈現出兩個女人的種種經歷——母親懶散地袒露肚皮睡覺，女兒就坐在那脂肪鬆垮的肚子前定定看著，突然把嘴裡累積的口水呸地一口吐出，隨即迅速入睡。母親的肚子，在父親遺棄她們後，就這樣突然凸顯在阿瀧的眼中。

她的父親和小老婆住在同一個村子的街道旁。在路上遇到時，父親

說，

「妳媽怎麼樣？」

「睡得很好喔。」她說著匆匆走遠。

十六歲的阿瀧，鞭策馬和母親種田。把水引入田中，就在要插秧前，母親將橫木上有零星梳齒的犁讓馬拖行。阿瀧在田埂上看到了，突然嘩啦啦跳進水田，劈頭就給母親一耳光，

「笨蛋。犁都浮起來了根本沒插進土裡妳知道嗎！」

母親依舊握著犁柄，踉蹌前行。她一拐子撞開母親，奪過犁，

「妳仔細看清楚！」

母親單膝跪在泥濘中仰望女兒，一邊對隔壁田裡的人們說，

「我又多了一個可怕的老公。前任老公還比較溫柔呢。」說完像姑娘一樣臉紅。

晚上，阿瀧背對母親睡。母親臉對著她的背部睡。

女兒騎馬回家，扛著鋤頭的母親就跟在後面蹣跚走回家。洗衣煮飯也是母親的工作。母親被女兒使喚得越厲害，就越發忘了丈夫。也變得更容易心如小鹿亂撞。當她想著丈夫發呆時，就會被女兒揍。看到母親為此哭泣，女兒就衝出家門。

「等一下，阿瀧，妳穿著磨破的草鞋太丟臉了。」母親追上去哀求。

就這樣，母親拼命工作。隨著母親的眼睛變得溫柔如貓，女兒的眼眸就像黝黑的豉豆蟲，越發流光閃爍。

當她穿上和服去旅館的包廂，已高大得足以壓迫客人的胸膛，而她那靈活泛著水光的眼睛，總讓客人驚豔不已。

在旅館，就在她十六歲那年的年底。阿瀧獨自刷洗浴池時，小賓館的女人們帶著三個酒醉的客人從後面進來了。

「阿瀧？——借我們泡一下。咦，怎麼池子都空了。」

「熱的地方還有水喔。」阿瀧緊握著棕刷，在澡堂角落渾身僵硬。

澡堂是地下的石室。大浴池被木板隔成三區。第一區的水溢出，就會落到第二區。因此，水的熱度會漸漸降低。

賓館的女人在水中嘩啦嘩啦洗去難聞的白粉，兩人大聲議論阿瀧的身體。可是男人們驚豔於處女的裸體如此清新美麗，好一陣子都沒說話。女人以露骨的言詞爭論阿瀧的身體是否已發育成熟。男人品味這番話的眼神，讓阿瀧感到自己一絲不掛。女人跪在男人身後，替他們刷背。其中一個女人說，

「阿瀧，妳來幫剩下那個客人刷背好嗎？」

阿瀧彷彿吞下硬物般毅然起身走過去，在男人身後跪下。他們似乎是山那頭的銀礦工頭。撫摸著帶有礦石氣息的強壯肩膀，阿瀧的手開始顫抖。她緊緊並攏膝頭，但脖子竄過一陣惡寒。她慌忙泡進熱水中。

至於兩個女人——她們抱著妓女蔑視良家婦女時那種惡意的驕傲，頻

頻用毒辣的言詞攻擊阿瀧。阿瀧的眼眸發直吊起，炯炯發光。

一個男人穿上棉袍，一邊輕拍阿瀧肩膀說，

「姑娘，要不要來玩？」

「嗯。」她才說完，肩膀已被用力摟住。

河岸在下雪的陰霾夜空下，還有冷風呼嘯。只穿著一件法蘭絨睡衣的阿瀧，泡過熱水的光腳緊黏在冰凍的岩石上。從腳底竄起的徹骨寒意，每次讓雙腿僵硬時，她就放聲大喊「混蛋！混蛋！」對岸杉山的雪紛落如霧。

剛開始時——阿瀧用雙手蒙臉，但她最後忍不住把右手大拇指塞進嘴裡狠狠咬住。

完事後起身一看，印著齒痕的傷口流血了。

她迅速把右手藏進懷中，踉蹌站起，她想拉開和隔壁房間之間的拉門——她知道門那頭的三個女人和客人，正悄聲屏息。——她只是把手放在門上，又在心頭反覆痛罵那句「混蛋！混蛋」，也不看此刻的男伴臉孔，就從小賓館的後門走向溪谷邊的小路。

還沒走出百米，就聽到兩個男人的腳步聲從她身後拼命追來。更後方是女人們在尖聲大罵。——她贏了。阿瀧栽倒似地趴向河岸，大口飲下冰冷的河水。她瞄了一眼光腳跑來的男人們呼出的白氣，又低頭喝水。

當晚，回到自己家後，她用粗魯男人的抱法狠狠抱著母親入睡。

過了三、四個月，已是春天，某晚，阿瀧從高度有她身高兩倍的山崖跳下街道，扭傷腳踝。送進城裡醫院的隔天就流產了。過了十天回到村子，發現父親在家裡。她一腳踹翻母親，和父親扭成一團大打出手，「這種髒東西，趁著女兒不在時亂搞，這麼骯髒的家，誰希罕！」她當天就搭公共汽車去了城裡，成為肉鋪的女傭。

所以這個夏天，她是趁著肉鋪清閒的七月底回村，才會來旅館幫忙。

而且因為兩年前發生過那種事，阿瀧現在還一肚子火，很想嘲笑小賓館的女人。

三

為了避免蒸氣過多，澡堂的後門和窗子不分夏冬都是整晚敞開。

小賓館的女人帶著客人，沿著溪邊，偷偷從那後門溜進溫泉旅館內泡湯是常有的事——兩年前的冬天和現在都一樣。然而，對阿瀧而言，有冬天裸體和夏天裸體的差異。

「妳怎麼還抓著濕掉的煙火。」阿瀧一邊過木板橋一邊對阿雪說，「我們兩個去泡湯，狠狠羞辱他們一番。——那種女人，和阿雪有天壤之別，是真的，阿雪。光是讓男人看到妳漂亮的臉蛋，那些女人就要哭了。」

「破壞人家的生意不好啦。」

「哼。妳真不愧是藝妓館的女傭。穿男人的泳裝和這個有何不同。不過，我一人出馬就夠了。不如妳先回去睡覺？」

「房間有鶴屋先生在。」

鶴屋是這一帶賣日用雜貨的批發商。每月中旬和月底會過來四處收帳。他頂著毛栗頭，從臉頰到整個下巴都有刺刺的鬍渣，像毛栗的顏色一樣圓滾滾胖嘟嘟。一喝醉就會像瘋子那樣拿筷子敲打碗盤大吵大鬧。接著睡個兩三小時。醒來必定會——哪怕得費盡千辛萬苦（攀爬曬衣台就是其中一例），總之他必定會破門闖入女服務生的房間才睡得著。真的，他那樣大張旗鼓只能用破門闖入來形容，這種十年來都沒變過的舉動，已經近似每月兩次的例行撒嬌。

然而，阿雪是個神經還很緊張的小姑娘。

「那種酒鬼，很快就睡得不省人事了。」即便阿瀧這麼說，阿雪還是

堅持，

「算了，我就待在河邊溫泉等妳。」

溪水邊，另有一個像防火小屋那樣簡單的白木澡堂，她們都稱之為「河邊溫泉」。

阿瀧從館內澡堂的後門沿著石階大步走下去，二話不說就跳入溫泉中，

「待在河邊冷死了。」

小賓館的女人們一邊閃躲她濺起的水花一邊說，

「妳好。」

「妳好。」

阿瀧一沉入水中，熱水就嘩啦啦溢出。

「我們來借用澡堂喔。」

「是喔——我還以為是我們旅館的客人呢。」

兩個客人似乎都是學生。阿瀧大膽站在兩人面前時，他們就像被一股熱風壓制，連忙走出浴池，在池邊坐下，低頭不敢看她。

「本來該先打聲招呼再借用澡堂，但我們以為你們已經睡了。」

「沒事——反正我也想向阿吙借東西。」

對阿瀧如此聲明的女人綽號黃瓜——因為她像小黃瓜一樣瘦，背也有點駝，這個臉色蒼白，經常臥病在床，喜歡小孩的女人叫做阿清。附近鄰居都讓她幫忙照顧嬰兒，要不就在公共澡堂給三、四個幼兒洗澡，照顧這些孩子似乎是她唯一的樂趣。而且和村子的約定——小賓館的女人不能接本地男人的生意這個約定，只有阿清一人嚴格遵守。她當然也是外地來的，但在這個村子弄壞身子的她，打算死在這個村子。屆時她疼愛過的成群孩子，將會跟在棺木後面排成長龍一路送她去墓地——她每次病倒時就會幻想這種場景。

所以，即便是阿瀧，只要遇到阿清，也會立刻被猶如冬日微陽的阿清感染，聊一下彼此的私事。

不過，另一個女人對阿瀧正眼也不瞧，只說了一聲「妳好」，就像睡著似地不吭聲。睫毛濃密的影子遮住眼眸，桃心髻抹了大量髮油濕答答地歪向一側。白皙的臉孔扁平，隱約帶點愚蠢的睡意——在那種睡意之上，緊抿的嘴唇和長睫毛就像另一種生物鮮明浮現。女人的眉毛沒修過，長得亂七八糟。耳朵，脖子，手指，無論從哪裡一眼望去，都讓人很想咬一口——那種柔軟感，讓阿瀧立刻猜到這是阿咲。

阿咲——在這村子十幾名酒女中，據說只有她渾身洋溢特殊風情，派出所的警察一再命她離開村子。因為村議員的兒子之流經常去找她。她是天生的酒女——因為她太淫蕩。

即使被阿瀧強烈的眼神上下打量，阿咲還是一臉被人擁抱的癡迷，從水中露出身子，坐在池邊。她就像潔白的蛞蝓，肌膚柔軟濕潤——是那種完全感覺不到骨頭，毫無瑕疵的柔軟圓潤。她是用那身好似蝸牛伸縮自如的脂肪爬行的獸類。好想踩在那潔白的肚子上——阿瀧突然萌生這種像男人一樣的情慾，猛然朝阿唉的膝蓋伸手說，

「手巾借我。」

阿唉像蛞蝓一樣倏然縮身，試圖用胸部隱藏下腹——失去手巾的遮掩，可以看見整片細小傷痕，以及雪白皮膚的疤痕。

然而，阿唉的耳朵通紅彷彿透明，那種紅潮將她的乳房至腹部微微染色。阿瀧滿懷嫉妒和難以忍受的快感，望著這不似人類的美麗血色，

「看來連手巾也不能隨便向妳借用。恐怕會有毒。」

過了不久，阿瀧去河岸澡堂探頭說，

「阿雪，有兩個看起來乾淨老實的學生——妳要不要去瀑布旁的步道那邊玩？」

阿雪將雙臂在浴池邊的水泥上交疊，從水中探出的臉頰緊貼在手臂上。

「咦，已經睡著了啊。也好，妳就——好好珍惜自己身子吧。」

阿瀧回到旅館，是在樹幹和水潭等淺色事物已浮現在黎明的白色天光時。阿雪還在河岸的浴池睡覺。就像要緊抱自己的貞操道德，依然環抱雙臂……

四

阿雪把「修身[1]教科書」的殼子，像雛雞屁股的蛋殼一樣可愛——也像蛇蛻下的殼一樣惱人地黏在她身上寸步不離。

1 修身，日本在明治至昭和年間的小學科目之一，類似「公民與道德」課。

在那個靠近都市的海邊溫泉小鎮，她去藝妓館做過女傭，因此就算同樣梳桃心髻，她脖子後面的碎髮也顯得格外性感。這個小姑娘身上兼具雛妓的早熟和海邊姑娘的健康。臉蛋紅潤如蘋果，深刻的雙眼皮下，渾圓的大眼睛不安分地游移。山村罕見的尤物——這種古老的說詞讓人人都感到新鮮。

所以在那個溫泉旅館，也有各種男人不算認真也不算開玩笑地追求她。她同樣不認真也不當玩笑地聽過就忘。同時，她也從來不曾像其他女人那樣到處吹噓這種事情。可是——某個學生不慎說溜嘴：

「阿雪小小年紀卻很成熟呢。」

她聽了頓時臉色大變，

「太瞧不起人了。不過是個學生卻這麼自大。——只因為人家待過藝妓館就瞧不起人！」說著把托盤一扔，氣呼呼地扭頭就走，後來在那個學生停留的一個月當中，她一次也沒跟他說過話。

然而，比方說當她和阿芳輪到打掃澡堂時，她會故意打瞌睡。被棕刷敲醒後就撒嬌說，

「我都眼花把妳的臉看成三個了。姐，我能不能先去睡？我會幫妳暖床。」

就這樣，阿雪像妓女一樣受到所有女人的寵愛，總是咯咯笑著一臉開朗。

「哎喲，好漂亮的圍裙。」女客人看到阿雪大為驚豔。

也不知她什麼時候從哪收集來一堆五顏六色的碎布頭——她把碎布都剪成三角形縫在一起，做了漂亮的圍裙。

她初來這家旅館，正是夏末，旅館在縫製新棉袍時。趁著縫製二十件棉袍之餘，阿雪做了一件同樣花色的男童夾衣。她是用剩下的碎布拼湊縫製的。她說要寄給弟弟。

聽到旅館老闆娘為此驚訝地讚美她，老闆說，

「這丫頭不簡單。一定要小心她。」

阿雪也四處撿來客人抽捲菸的菸蒂，折斷後放在一起。累積到一定數量後，就在報紙上拆出碎菸葉，寄給港口的爺爺。

捲菸的菸蒂——長年來都是旅館的老夫人親手從菸草盆和運送煤炭的小鍋撿拾收集。同樣一一折斷吸嘴扔掉，收在大紙箱內，等到村中老人來時，老夫人就會取出招待。老人們把菸頭塞到菸管抽，總是聊很久才走。甚至有些老頭就是為了那菸頭才來。

可是旅館老夫人這個長年的嗜好，被阿雪打斷了。

阿雪的母親——本來在港口陪酒的繼母，每隔五、六天就會帶著阿雪的弟弟，濃妝豔抹地來這家旅館。她使出渾身解數討好旅館的人，私下偷偷向阿雪討零花錢。

阿雪的父親是打零工的苦力，離鄉背井來此地掙錢。在隔壁村子租借農家的倉庫，放上舊榻榻米便這麼住下來。家鄉的港口——那是位於從海邊溫泉鎮開往另一個溫泉鎮的公共汽車途中的漁港，只剩爺爺一人，等著孫女寄回來的菸草和醃漬山葵。

公共汽車繞過略高的海岬後，眼前驀然出現暖色調——海岸綿延的樹林有山茶花盛開，山上種的橘子已變黃，筆直貫穿其間的道路下行海灣。港口有三、四十艘漁船，整齊地靠在岸邊。樹木之間只見大片瓦片屋頂和倉庫的白牆。小鎮風景之豐饒，令人難以相信還住著阿雪這樣貧窮的一家人。而且此地還是不用繳各種稅金的模範村落。

在這鎮上，阿雪的母親生她弟弟時發高燒，雖然暫時保住性命卻神經錯亂。白天父親和爺爺都要外出工作，阿雪就趁著母親發作時，偷偷將嬰兒抱到母親的乳房旁。早上出門時，父親會把母親的手腳綁起來，但是阿雪總是替母親解開那草繩。母親熬了四十天就死了。

那年阿雪十歲，就讀小學三年級。她只好背著嬰兒上學。父親他們的吃穿都是她一手打理。她撿了一隻狗回來養，那是她唯一的奢侈。少女半夜四處去討奶時，狗就忠心耿耿地跟在後頭。

「我不要和小保姆坐在一起！」坐在阿雪隔壁的小孩，在教室哭了出來。每次背上的嬰兒一哭，阿雪就得離開教室。十分鐘的下課時間也忙著替嬰兒換尿布或四處討奶。

即便如此，她還是以第一名的成績升上四年級，震驚全校。開學典禮上，看到她照舊背著嬰兒去校長面前領獎品，學生家長們都哭了。校長請縣長表揚她的傳聞，也傳入阿雪的耳中。然而，孩子們不同——沒有比小孩更喜歡惡意欺負小孩的了。阿雪念到四年級的暑假就休學了。

總之，阿雪一個人把嬰兒拉拔到三歲大。之後繼母進門了。可是洗衣煮飯依舊是阿雪的工作。去田裡拔草時，繼母拽著背小孩的阿雪頭髮，揪著她在泥田中四處拖行——那種情景，鄰人天天都看到。

「這個，這個，還有這個——這些全都是那時留下的傷痕。」阿雪曾在溫泉旅館的水中，指著自己的手臂和胸部一一展示。——但她現在就像給男人看自己的裸體，展現引誘的技巧，笑得異樣淫蕩。

不過那時溫泉小鎮的伯母說她實在太可憐，就把她接走了。在小學校長的一再催促下，縣政府發來表揚的通知時，阿雪已經在鎮上的藝妓館。父親則去山地打工了。

伯母家樓下賣人造花，二樓開藝妓館。

「雖說在藝妓館，但我只負責做人造花或者帶小孩。」她在溫泉旅館說的，是頗有她「修身教科書」風格的謊言。當時她其實是替藝妓拿三弦琴和替換衣物的「藝妓見習生」。

為此，縣政府取消表揚，但她的臉頰轉眼有了顏色，圓眼睛不再木愣發直，動不動就小跑步過去嘰嘰喳喳說話——她的脖頸肌膚已染上潔白的情欲。體內點著了烈火。

然而，當她察覺即將被迫接客，她就立刻離開伯母家了——或許是因為她忘不了「表揚的傳聞」。

當她來到父親打工的地方，繼母的態度判若兩人，拼命討好阿雪。

「今後我不管去哪，都可以自食其力了。這種討厭的家庭誰要待啊。」

這是阿雪在藝妓館徹底鍛鍊出的自信——雖然她自己沒發覺，但就連她正眼回視繼母的一個眼色，都不免帶有那種自信。繼母被逼得退讓一步。阿雪秉持擁有新武器的大膽，開始輕蔑人生。以她們的身世而言，這就是邁向妓女的一步。

不過，小姑娘「對人生的輕蔑」，到頭來，和「麻雀變鳳凰」的夢想一樣。她不斷在社會力爭上游，自以為是天選之子的驕傲，只是讓她變得更狡詐、更有放蕩風情。

所以，阿瀧才會對睡在河岸澡堂的阿雪說，

「是啊。也好，妳就——好好珍惜自己的身子吧。」給那個東西標上愉快的價錢，小心守護。這個「身價」和「修身教科書」合為一體的搖擺不定，就是阿雪令人又氣又羨的魅力。

繼母來旅館時滿嘴場面話，阿雪也用巧妙的場面話回應——繼母去泡溫泉後，她躡足去偷看。然後說，

「老闆娘，那種女人講的話不能信喔。她顯然還是照樣打我弟，弟弟身上有五、六處紫色傷疤呢。」

男客的甜言蜜語，也被十六歲的阿雪精明地看成這種紫色傷疤。

五

第二百一十天[2]，是個可以看見燒炭煤煙的晴天。只見滿天都是紅蜻

2 第二百一十天，從立春數來的第二百一十天約為九月一日，此時多颱風，被農民視為厄日。

蜓在溪谷飛。

可是第二百一十三天的暴風雨，讓電燈才開就熄滅了。天色還亮就早早關上了遮雨板，旅館領班穿蓑衣拿蠟燭，去找躺在女服務生房間的她們。阿瀧接過蠟燭，對正從遮雨板上的小洞向外看的阿時說，

「阿時，不用看那麼多遍，也知道這麼大的雨回不去。妳不如趕緊拿蠟燭去二十六號房吧。」

於是女人們一齊拍手起鬨。阿時接過蠟燭一口吹熄，就地坐下。

本來有七個女服務生，從九月二日起只剩四人。因為只有夏天來幫忙的女孩們走了。其中一個是近視眼的高子，是旅館老闆的姪女，從女校畢業後正準備進入助產士學校就讀。精明的阿谷，十四歲至十七歲這幾年都在這家旅館當女服務生，由於家住得近，所以旅館生意忙時總是立刻被叫來幫忙，她很清楚旅館的規矩，頗得旅館老夫人的疼愛，據說靠著在旅館賺的錢已經湊齊全套嫁妝了。還有農家女阿時——阿時今早是來玩的，結

果就碰上暴風雨。

汩汩流過大石頭的水聲，在她們的枕畔響起。阿時半夜偷偷打開女服務生房間的木板門出去了。走廊傳來擦火柴的聲音。阿雪頓時爆發似地大叫，

「哇，萬歲！」在阿芳肚子上滾來滾去，又抱住靠牆的阿絹。

「癢死了，小不點——原來大家都在裝睡？壞心眼。」

「這叫善解人意。我特地讓阿時睡在門邊。」阿芳說，阿雪聽了搖晃屈起的膝蓋，還在笑，

「可是她那麼單純，真可憐。」

「她是本地人，阿雪，妳可別說出去。否則會害她嫁不出去。」阿絹這一本正經的口吻，被阿瀧攻擊，

「怕什麼，反正不可能妨礙她種田。她至少不像妳，光憑沒拿錢這點就比妳好。」

「我——我什麼時候拿錢了？」阿絹在黑暗中爬過來，作勢要拽住阿瀧。阿瀧用力扭轉她那雙手，

「哼。難不成，妳那是真的看上他了？」她推開阿絹。

「那種像熱酒冷掉似的喜歡方式還是省省吧。」

阿絹曾在東京的藝妓街做梳頭學徒。她想在旅館打工存錢後，再回藝妓街正式拜師學梳頭——這已經成了她的口頭禪。她的頭髮梳得像藝妓一樣。得到客人的認同，她就會喜孜孜地四處宣揚。她生得黝黑瘦小。只要宴席上有都市風格的年輕男客出現，她就想搶其他女人的工作。

今年夏天，有個神經衰弱的學生在此滯留半個月，阿絹不管是被領班罵還是被人笑，照樣天天去學生房間。

這個阿絹與阿時——女人們和客人的韻事，在每天擠滿客人的整個夏天，就只有這兩樁。在女服務生之中不算好看的兩人，反而發生這種事。

阿時的對象，是輾轉各家旅館畫紙門屏風的流浪畫師。阿時雖是眼睛

凹陷的遲鈍農家女，在澡堂時潔白的肌膚卻嬌美得判若兩人。

暴風雨過後的隔天早晨，曬衣台滿地青翠落葉。河岸澡堂的浴池被埋在泥沙中。夾帶紅土的溪水迂迴流經岩石上，河岸站了一排小孩，各自拿著網子，撈捕被激流沖昏頭的小魚。流浪藝人母女在一旁看熱鬧。

搭在岩石之間的木板橋，全都掉進河中。不過，木板橋的一端有鑽洞穿鐵絲綁在河岸，所以木板漂流到岸邊。

河水雖然減少，也不再看到釣香魚的人。她們聚集在測量技師的房間玩。流浪畫師去沒客人的房間畫紙門。

在這冷清的季節——村子變得熱鬧，傳來人們高亢的說話聲。

在村中最好的溫泉旅館當女服務生的村中姑娘們，不約而同請了假。村民聚集在阿瀧等人工作的這家村中第二好的溫泉旅館，到現在還在一一細數村中最好的溫泉旅館老闆的舊八卦。

「那傢伙把礦坑技師採來的礦石中含金量高的偷偷調包，不是還被人告了嗎？」

「對對對，那場官司怎樣了？技師被開除，但那傢伙拿到幾萬塊的訂金倒是很划算。」

「這種勾當他不知幹過多少次了——你忘啦，之前獵鹿，大臣和位高權重的軍人不是在他那裡住了很多天嗎？他請那些人題字留念，然候仗著自己字寫得好，寫了十幾二十張仿冒品賣掉了。只要他說是人家來旅館時寫的，任誰都會相信。聽說他就是靠那個發了財。在這種山裡的溫泉旅館，只要好好搞，肯定會那樣越來越有錢。——這家旅館就是最好的證明。」

然後又趁著酒意說，

「把那傢伙的溫泉堵住吧！」

「現在就去找他算帳！把臭老頭活埋在河岸。」

簡而言之，這溪谷邊的小路要拓寬成汽車馬路。受益最多的就是溫泉旅館。可是村中最好的溫泉旅館，卻斷然拒絕捐款分攤修路費用。

十名警官住進了那家旅館，每天拉大弓。在他們厭倦拉弓前，村子就已恢復安靜了。

阿瀧把昏暗走廊的遮雨板關上，忽然尖叫跳起。原來她踩到大片青桐樹葉。

不知怎的她一直不肯回鎮上的肉鋪。

老闆娘挺著七個月大的肚子辛苦地掃廁所——唯有這項工作從不假手女服務生——那副模樣，看來莫名淒涼。

看似賭徒的男人滯留旅館，每天去監督上游某棟空房子的整修。

一群朝鮮建築工人遷居此地。

「喂，喂，他們把鍋子和飯鍋都隨身帶著走耶。」阿絹嚷嚷著跑來女服務生房間。

穿著皺巴巴的白色寬褲和布鞋的朝鮮女人們，背著裝生活用具的大包袱，彎腰駝背走過。

下游響起爆炸聲。

上游老舊的空房子，變成乾淨漂亮的妓院。連她們都驚訝的是——阿絹竟然跳槽去那邊了。她們都被那個看似賭徒的男人再三勸誘過——又想起當時對方開出的誘人金額，於是破口大罵阿絹。

秋深

一

夏天的客人忘記帶走的扇子有十四、五把——全都撿來放在她們的房間了。

阿雪拿著兩把那種男用扇子，啪地雙手打開，就像跳舞時的藝妓，嚴肅地抿著嘴翩翩起舞。

「可不是嗎。如果沒有來這裡，阿雪八成已經是藝妓了。」倉吉倚靠古典的塗漆衣櫃，抱著屈起的膝蓋。

「那我這種人也就沒機會看阿雪跳舞了。」

「我才不會當什麼藝妓。我只是去帶小孩的。」阿雪像唱歌似地說。就連倉吉也以目光追逐阿雪的手部動作，啪啪拍打裸露的大腿跟著打拍子。於是她開始配合他亂打的拍子跳舞。她的小腿肚發熱，衣襬漸漸凌亂。她搖搖晃晃想轉身，忽然跌坐在堆疊的坐墊上，就這麼歪身倚靠衣櫃。

「你就照這樣替我打法界節[3]的拍子好嗎？倉哥？」

「唱什麼法界節啊……」

「說來說去……」阿雪把右手的扇子扔向倉吉的肩膀，

「我就是討厭當藝妓，才逃來這裡。」

她想說的是，所以，我不會和你這種四處流浪的人談戀愛喔——然而，她的圓眼睛即便在蔑視旁人時也帶著嫵媚，她又拿著扇子開始跳舞了。倉吉露出淺笑，用她扔過來的扇子拍打大腿。他的腿就像肥胖的中年女人，隆起蒼白的肥肉。而且他嘴唇厚，臉頰紅。商家常穿的短外褂並不適合他，但他的肌肉讓人感到遲鈍野獸般的力量。

打從三、四年前起，每到夏天和冬天，溫泉區開始忙碌的時節，倉吉就會不知從哪回到這家旅館。的確是「回來」——因為他總在旅館最忙碌的當下現身，旅館正缺人手，於是就順口讓他去廚房幫個忙，或是託他去接送一下客人，他就順勢待了下來。所以每到那個時節，旅館的人甚至會紛紛想起他：「今年倉哥也該來了吧。」

同樣在那忙碌的夏天，旅館老闆的遠親加代這個女孩來幫忙。秋季的第一天起，已有很多房間空出來。倉吉每晚和加代一起四處關遮雨板。兩人還曾在半夜去河岸澡堂。

雖然他因此被趕出旅館，但他到了正月又若無其事地回來了，於是又

3 法界節，走唱藝人（法界屋）以月琴伴奏四處吟唱的歌曲。明治二〇年代的代表性流行歌。

有人一不留神就吩咐他去幫忙。

可是到了春天，他在事隔三月後從鎮上的壽司店寄信來。就像通知天氣好壞一樣，寫信給十六歲的小姑娘阿雪，坦然訴說自己被那裡的女人染上髒病。

到了夏天，他回到這些女人工作的旅館，這個秋天整天跟在阿雪屁股後頭。——陪她一起關遮雨板、刷洗澡堂、收拾客人的被褥。欣賞她表演在藝妓館看著學會的舞蹈。

然而，阿瀧突然闖入那個跳舞的房間，

「喂，阿雪，小心腳下。千萬別跳一跳踩破榻榻米。本來就已有點破了。」

「可是倉哥想吸灰塵吧？據說這樣可以體會到都市的氣氛。」

「對對對。就是有那種做作的學生。讓別人打掃房間，自己在旁邊盯著看，叫他讓開，他還說偶爾吸點灰塵也不錯。他說山間空氣太清新，所以只能這樣體會都市氣氛。結果阿雪一路擦拭走廊過來，這個不良少女講話才妙呢，她說，那你就體會一下這桶髒水是什麼氣氛。——欸，倉哥，你看起來很開心地盯著阿雪，體會到什麼氣氛了？」

「這人自以為這樣是在拍人家馬屁呢。真傻。」阿雪把手上剩下的那把扇子也扔向倉吉的膝頭。

「他打從之前就一直說『阿雪應該會跳舞吧』，說了至少十五遍。」

「阿雪，女人如果第一個男人就被這種人纏住，會是一輩子的恥辱喔。起碼要讓他排隊等到第十五個再說。」

倉吉還是蒼白地笑著起身。

「喂，老闆娘交代要打掃曬衣台喔。」

「曬衣台？」阿雪說著拉開門一看，

「哎喲，哎喲，好多落葉。」

曬衣台上落滿黃葉——應該是說是綠色的落葉。昨晚也有秋風狂吹。

曬衣台就在她們房間的窗外。

她們房間的大衣櫃，黑漆上有大塊梧桐葉形的家徽。但是鐵壺把手似的拉環已經有紅銹。那是以前農民用的，而且是用來放洗乾淨的衣服。現在收納客人的浴衣和床單。五坪大的房間，就連角落都堆滿客人用的寢具和坐墊。她們的包袱和碎布、空盒一起胡亂塞在壁櫥中。破損的鏡檯、空肥皂盒做的化妝箱、舊三弦琴、破陽傘，總之衣櫃上方和固定在牆上的架子上都堆滿東西，也不知道是誰的。開始縫製冬天的棉袍後，線頭和牛奶糖包裝紙散落的舊榻榻米上，還有剪刀在發光。

掃完落葉，她們從曬衣台跳進那個房間，只見掌廚的吾八正盤腿而坐，用右手把左手的花牌一一掀起。

「你還有閒工夫看那種東西啊。忙都忙死了。」阿瀧坐下撿起縫衣針。

「不，我不幹了。」
「你終於要自己開店了？」
「不是。——當然，我的確也有犯錯啦。」
「犯錯——這麼說你是被趕走的？」
「也不是，但我已經受夠了——我實在不想講這種話，但妳看看這個。」
吾八說著從肚兜取出某個東西一扔，阿瀧撿起來，
「搞什麼，這不是剩餘的柴魚邊角料？」
「別提了——今早我打開行李一看。結果就發現那玩意被調包成新柴魚了。」
「噢，所以就說你偷柴魚是吧。——我懂了。一定是阿芳那混蛋。那個臭婆娘，最喜歡翻人家的行李。」
「阿芳發現後就拿去老夫人那裡。根據阿芳的說法，老夫人當時正在

刨柴魚片，和新的調換後，就把舊的給她了。我聽了之後，實在忍無可忍。」

「可是，就只為了那一條柴魚？」阿雪說著，從後方把雙手搭在吾八的肩上。

「難怪即使在帳房時，阿芳在我面前也不吭氣。」

「那樣太沒意思了。他們既然不吭氣，你也裝作若無其事不就好了。你這樣不行啦。」阿雪說著搖晃吾八的肩膀。

「你這麼軟弱，怎麼在社會上混。」

「妳這個小鬼頭還好意思教訓人。——吾八你也不能吃這個悶虧。」阿瀧說著走出房間，去廚房一把揪住阿芳的前襟，把她一路拖過走廊。然後拖到吾八面前，

「拿去！」她鬆手一扔，見吾八發愣，於是阿瀧又把阿芳拖到玄關，兩手掐著她脖子壓到地上，

「混蛋，混蛋，滾出去！」她只穿著襪子就狠狠地踩阿芳肚子。阿芳只是在地上打滾，始終沒說話。

大喝一聲推開阿瀧的是倉吉。阿瀧腳步踉蹌，倒向大鞋櫃。

「你幹什麼！你們是串通好的吧。你想搶吾八的飯碗。」

然後，她定定看著倉吉，隨即大喊一聲「混蛋」，猛然低頭撞進倉吉懷中，一口咬住他的胸膛。

二

朝鮮人來了一週後，日本建築工人也來了。監工住在她們旅館的偏屋。

隔壁的小賓館，也來了兩個據說之前專做城裡阿兵哥生意的女人。相對的，阿咲被上游的新房子挖角，她的身價頓時提高三倍。而阿清不到五天又臥床不起了。

村民也立刻察覺阿清生病。因為從這個夏天起，她本來每天都會背著小賓館的嬰兒，牽著四歲女童的手，從溪谷走上街道旁的村子。到達街道之前，沿路有三、四個幼兒聚集在她的腳邊。帶著孩子的她，蒼白的瘦臉，潔淨的銀杏髻，都有種寂寥的溫情，讓遇到的村民忍不住先出聲向她打招呼。

雖然她經常臥病在床——說不定，就是因為她經常躺著，所以她總是把頭髮打理得服服貼貼，就連一根碎髮都沒掉下。她沉默得可怕。可是孩子們都很黏她，因此人們總是不可思議地猜想她和小孩究竟有什麼話題。

多虧有那些孩子——小賓館的孩子不肯離開她的枕畔，所以她才能成天躺著養病卻沒被趕走。不過，基於長年的生活習慣，大批男人的湧入，讓她察覺動靜，再也無法安心養病。

雖然覺得「馬路修好前恐怕就會被折磨死」，她還是像等待廟會的馬戲團姑娘那樣生氣蓬勃，但是另一方面，她也習慣性地幻想自己的喪禮。——屆時她疼愛過的孩子們，將會跟在棺木後頭大排長龍，一路走上山上的墓地。

在這山中溫泉已經徹底變成「原住民」的阿清，和上游新房子的老闆，簡直是明顯的對比。他輾轉各個建築工地，似乎在所到之處都會開妓院。溫泉旅館的客人還穿著浴衣時，他已穿上棉袍。

村裡的姑娘們就像看到古時候的「人販子」，一見到他就閃到路旁。

但是建築工人們只是隔著院子樹木偷窺溫泉旅館的二樓。因為這旅館太高級太昂貴了。

流浪畫師已畫完紙門，搭乘馬車越過山嶺走了。他似乎不打算通知阿時。他笑著對來馬車站送行的阿瀧等人說，

「告訴阿時，如果想我了，就把紙門都戳破吧。」

回到旅館後，她們似乎已忘記他和阿時的事，一邊縫著冬季棉袍，一邊待在房間休息，這是沒有客人的季節。客廳雖收集了一堆客人沒帶走的舊雜誌，卻乏人問津。她們一心想著故鄉和婚事，在週六週日賞楓的團體客人抵達前，甚至連山間染上秋色都沒注意到。

吾八走後過了四天，她們已經不再提起他。

村中賣魚的一度為他來道歉。

「其實我並沒有趕他走……」老闆娘異常吞吞吐吐，

「可是，他也太懶散了。就連我們忙得手忙腳亂的時候，他也坐在客人房間不肯走，臨時有事都找不到他。雖說待了這麼多年，彼此都已毫無顧忌……」

的確，吾八在這旅館待了八年，已快五十歲了。前半生就憑一把菜刀，走遍海岸線各個鄉鎮。期間，他左手中指的指甲被切斷半截，似乎娶過兩三次老婆。之所以說「似乎」——是因為這個溫泉區讓他遺忘了過去。換言之，在此地的期間，他不再談論過去。並不是刻意隱瞞。只是對回想失去興趣。

輾轉流浪各地碼頭的過往歲月，當然有過刀口舔血的日子。然而，來到這山中，他娶了帶著小孩的女人。並且對這孩子產生感情。於是他在不知不覺中，似乎把此地當成終老之地安頓下來了。

就像阿清對喪禮的幻想，吾八也希望開個小餐館。然而，他這個心願並不堅定——他只希望有生之年能實現就好。可見他在這家旅館待得有多麼安心。所以他有時會臨時起意蹺班去挖山藥，有時去釣魚，有時心血來潮就跑回自己在鄰村的家——說穿了，等於是把工作當成養老的消遣。他昔日的銳氣，只剩下每天在旅館第一個起床。

他一年到頭都穿著白色棉布汗衫、有商標的短褂和緊身短褲。生活中沒必要穿著更整齊的服裝。年輕時的軍旅生活讓他迄今姿勢挺拔，像澀柿紙做的大號假人那樣曬黑了皮膚。晚餐喝杯小酒後，就去熟客的房間聊天，但是不到十分鐘就開始打瞌睡。

正因為他是這樣的人，才會對一條柴魚就忍無可忍。

在鋪著木頭地板的寬敞廚房，倉吉工作勤快——不過，他也像吾八一樣有種農民指節粗大的手指。女服務生們聯合抵制倉吉，瞧不起他，也只維持了短暫時間。很快就跟在他身後，狼吞虎嚥他切生魚片剩下的碎肉。

團體客人出發的早上，她們會把客人早餐剩下的生雞蛋藏在客廳的收納櫃。然後趁著擦走廊地板時，用鐵壺煮熟吃掉。

此外，愛上長期滯留的客人時，她們會把客人吃剩的東西放到自己餐盤吃。不過，那純粹是「男人」吃剩時。對於女人的食物，或許出於本能，她們不屑一顧。

「我知道他沒病，而且也不髒。」她們之中的一人一邊對其他女人說一邊動筷子。

而且，或許是為了貫徹這種女性化且家庭化的表現，一個男人吃剩的東西，只有她們其中一人會繼續吃。這不知幾時已成為她們之間不成文的規矩。這種事是她們之間的祕密，絕不能讓客人知道，但是即便在餐盤上也三心二意的，還是阿絹。阿絹跳槽到上游的妓院後，則是阿雪。

不料，首先向監工的餐盤伸手的，竟是難得做這種事的阿瀧。換言之，以她們的作風，這等於是表白願意成為他的女人。

三

早上打掃院子，讓她們不容分說地感到秋深了。嬌小的阿雪吃力拿著長竹帚的模樣，不知為何有點像清純天真的千金小姐。

阿雪拖著也是她的裝飾品的掃帚，走向朝鮮女人們傳出聲音的方向。那些人集體租住溫泉旅館門前的空房子。那戶農家已經連一扇紙門或窗子都不剩。溫泉旅館打掃庭院的時間，那些女人會在水井旁蹲身洗早餐的餐具，任由白色寬褲鼓起來。阿雪望著那一幕，驀然回頭，從老樹之間可以看見旅館偏屋的玄關——她突然鬆手把竹帚靠在樹幹上，猛然退後躲起來。

阿瀧蹲在偏屋玄關，正在替監工纏繞黃色綁腿布。她白皙的脖子和桃心髻，在坐在玄關門口的男人膝間，彷彿被人遺落的可悲玩意。

「阿瀧……」

阿瀧怎樣，阿雪無法明確說出來，但總之，

「那個阿瀧……」阿雪的臉頰冰涼，茫然走向後院。

她將雙肘撐在小橋的欄杆上，晃動一隻腳。朝陽照耀，穿透淺灘的水底。她緩緩流淚。心頭忽然充滿對阿瀧難以言喻的愛情。

她們的被子——不分墊被和蓋被，換言之蓋被也像墊被一樣硬梆梆，阿瀧從壁櫥拽出那骯髒的被子，忽然說，

「我今天也去參觀爆破工程了。看到岩石應聲崩裂，那時感覺真是太

痛快了。」

阿雪噗哧笑了出來，和硬邦邦的被子一起倒下說，

「妳現在不聞那種煙硝味，已經睡不著了呢。」

然後雙手蒙著臉就這麼趴著，像瘋子一樣笑個不停。

「喂！」阿瀧挺胸站立，一邊用一隻腳踩阿雪的背，

「對啊，那又怎樣？」

阿雪彷彿沒發現她那隻腳，晃著肩膀大笑。

「好了，該去打掃澡堂了——阿瀧，妳還有工作，不趕快去做，又要熬紅眼了。」阿芳動作粗魯地鋪床。

這是她們只繫著一條細腰帶，抱著睡衣去刷洗澡堂的時間。

「沒關係，我去就好，妳們趕快睡吧。」阿瀧一個人走了，粗魯地關上女服務生房間的木板門。

阿芳和阿吉立刻睡著了。澡堂傳來水聲。於是阿雪攏著浴衣袖子，畏

寒似地下樓去澡堂。這段日子她像孩子一樣，整天追在阿瀧屁股後頭。

河岸上有人在喊「阿瀧，阿瀧」，拉開門一看，是阿絹垂頭喪氣地站在那裡。阿瀧到曬衣台上。

「幹嘛？」

「妳好。」

「進來呀。」

「好，不過——」阿絹走近曬衣台仰望著說，

「諸位都好吧。」

「這裡可沒有稱呼什麼『諸位』的上流人物。」

「我是有點事情想來拜託妳。」

「進來呀。」

「我啊，」阿絹說著，歪頭把玩披肩，

「借了一點錢給工人。」

「嗯。」

「結果一直要不回來。」

「有什麼關係。沒錢的人妳就做免費的。」

「不是那樣。」

「聽說妳那家最貴。」

「那是兩回事。那是因為老闆很精明，不先交錢就不讓進門。」

「妳這是什麼話。妳回去之後替我好好宣傳一下，就說沒錢的人可以來找我阿瀧。」

「我是真的把錢借出去了。」

「真的借錢？」

「對，我待在這裡一直存不了錢，所以才跳槽去那種地方，我也不打算在這行幹太久。我打算明年一定要去東京學梳頭。為了盡量多存一點費用，我才會拿錢放貸借給工人們。」

「這倒是意外。那他們等於用向妳借的錢來買妳耶。而且那筆錢還附帶利息啊。」

「可是，很多人都不肯還錢。所以我想拜託妳替我懇求監工。叫他命令工人還錢。或者從他們的薪水扣錢……」

「拜託，妳在說什麼傻話。妳好大的膽子。」阿瀧從曬衣台跳進房間，狠狠關上拉門，難得地放聲大笑了半天。

她的確很久沒這樣大笑過了。最近的阿瀧太缺乏睡眠，根本沒力氣大笑。她每晚都光腳挨著凍，從偏屋沿著長長的走廊回來。白天兩眼充血，反而更加賣力工作，就像激動的野獸。

即便悄悄沿著走廊回來，她也無法安靜打開房間的門。

「阿瀧。」阿雪嬌聲一喊，阿瀧嚇得呆立原地。

「阿瀧。」

阿瀧沉默不語，脫下浴衣外面的外套。

「阿瀧。大家都睡得很熟。我已經替妳暖好被窩了。剛才魚湯都結凍了。」

「是嗎，謝謝。」阿瀧突然把冰冷的手伸進阿雪胸脯，

「妳很寂寞吧。」

這樣的夜晚持續了一陣子，阿雪終於在倉吉的房間被旅館老夫人搖醒了。

她驚慌跳起，連忙端正跪坐，彬彬有禮地雙手撐地鞠躬，

「實在對不起。」

然後揉著眼跑回她們的房間。

「過來。」阿瀧從被窩坐起，把阿雪摟在腿上。

「阿雪。我以為妳應該會更聰明才對——枉費妳之前那麼那麼小心，

打算靠那個博取好前途，結果竟讓倉吉那種混蛋得手了！阿雪，妳不能被倉吉那樣一個男人騙走。趕快另找對象吧。誰都無所謂。我是說真的。如果迷上一個人，女人就輸了。輸給那種男人，妳就完了啦。……真討厭。誰哭了，我才沒哭呢。……妳不在乎？啊？妳不在乎嗎？如果不在乎就算了，總之妳得趕快另找對象，否則妳會很慘喔。」

然而，翌日倉吉被趕走，阿雪也隨後跟著他不告而別。

過了半個月，阿雪不知從哪寄信給阿瀧，信上說，

「——啊，懷念的山中溫泉啊。我在悲哀的旅途，昨日向東今日向西……」

那肯定是她在這溫泉旅館時，從《講談雜誌》[4]看來的優美文章。

後來山中聽到傳聞，據說她被男人帶著四處漂泊最後被賣掉了。那當然只是傳聞。

4《講談雜誌》，大正至昭和時代發行的大眾文學雜誌。

冬來

一

水車的冰柱在月下發光。冰凍的橋板，在馬蹄下發出金屬聲。這是個群山漆黑的輪廓猶如利刃的寒冬。

阿咲獨自坐在公共馬車上，用白圍巾層層裹著臉頰，而且還把臉藏在合攏的袖子中。深深低頭縮在車廂的角落。

從車站到這個溫泉村有十六公里。她是搭七點的火車，這時公共汽車和馬車都沒客人了。最後一班馬車抵達時，頂多只剩下溫泉泡太久渾身通紅的村民，提著燈籠從溪谷走上來。即便是月夜，也有陰暗的樹蔭。街道旁的房子都已關門。

然而——阿唉從馬車裡倏然衝出，縮起脖子拔腿就跑向山茶樹林。躲在那濃密葉蔭中跑向竹林。然後從懷裡取出瓶裝酒，對嘴大口灌下。

「啊！」她發出愉快的嘆息後，把腳深深縮進衣襬中，重新捲好圍巾，用雙袖蒙著臉，趴倒在地上。

阿唉知道，冬天的竹林不冷——而且如果有乾枯竹葉層層堆積會更溫暖。她穿了兩件人造纖維的長襯裙，卻沒有外套。

等了不到二十分鐘，就傳來男人的腳步聲。

「喂，嚇我一跳，妳睡著了啊。」

男人說著彎下腰，阿唉把男人的手從她肩頭往胸部下面用力一拽。男人倒下。她依舊拽著那隻手，滾來滾去，

「啊，真好。我不知有多想你。滾來滾去就溫暖了。」

「妳沒被人看見吧？」

「想也知道嘛。拜託，相距五個車站耶。然後搭馬車還要兩小時。你瞧，都這樣了……」

她說著脫下襪子，在灑落的月光下露出裸足，

「凍得通紅。」

然後她把雙腳放在男人的膝上，開始搓揉發紅的腳趾。

「像冰鎮辣椒一樣。」

男人握住她的腳趾——那是肌膚宛如冰冷的蛞蝓潮濕地黏在他的手心，猶如白蝸牛的阿咲。把腳趾交給男人，她像厚重的脂肪軟趴趴地倒向男人。

「去村中溫泉暖暖身子吧。」

「我不要。人家大老遠像火球一樣飛奔而來。你也得像火球一樣熱情。」

男人轉身面對她。可她雙手推著男人的胸脯向後仰，

「就跟你說不行啦。我可不是免費跑這一趟。——而且還有火車和馬車車資呢。」

「那種小錢，我給妳。我隨時可以給妳。」

「不行。如果不先給錢，我可不要做你真正的女人。」

溪流的聲音驀然冰冷地竄入男人耳中。

阿咲不是從城裡來會情郎。她是來做生意。

這個村子的酒女之中，只有阿咲洋溢特殊風情——這是村中有力人士之間老早就達成的共識。派出所警員忠於他們的意見，一再宣稱要把她趕出村子。就在一個月前，他們在宴會上互相嗟嘆自家兒子的不良品行後，她終於被警員送去城裡了。阿咲是天生的酒女——因為她太淫蕩了。

然而，只要一張明信片召喚，阿咲隨時會來見她的情郎們。她搭乘火車和馬車，之後避人耳目地偷偷躲進暗夜的竹林——但她還是想要「出場費」。說不定，比起金錢，她是對賣身這件事本身抱著不可思議的熱情，所以才趁夜遠渡四十公里長路而來。就像傳說中的女人游過大海去見男人……

當然阿咲就算去了城裡，也是待在做阿兵哥生意的那種店。她那白皙扁平的臉孔，彷彿傻呼呼地沉睡，似乎自己也沒發覺生活環境有任何改變。只要有男人，在哪都一樣舒服——她保持這樣的安逸，甚至好像沒想過要用髮油抹濕頭髮，梳個整齊服貼的髮髻。

此刻也是，竹葉都黏在脖子上了，她卻懶得拍掉。

男人從阿咲的衣服一一摘下竹葉，一邊走下溪谷。沿著河岸的石頭，偷偷去溫泉旅館泡澡。

阿瀧正獨自坐在旅館浴池邊，見到阿咲，她拿濕手巾嘩啦啦洗眼睛後對男人說，

「喂，昨晚隔壁的阿清死了，你知道嗎？」

「聽說了。——我以為你們都已經休息了，所以沒打招呼就進來泡溫泉。」男人尷尬地解開腰帶。

「今晚是阿清的守靈夜喔。男人真是沒出息，居然一個也不肯來。太瞧不起人了。」

「生前受過她照顧的人，應該也不方便露面吧？私底下其實都很同情她。」

「她真可憐，你不也是讓阿清短命的罪魁禍首之一？」

「要是那些修路工人們沒有來就好了。村中的小孩都靠阿清照顧，所以大家都很體恤她。」

「可你看看她的守靈夜有多冷清。——再說，你都不怕阿清的鬼魂會在竹林出現啊。那邊那個人不能泡溫泉喔。我們旅館的溫泉，可不是清洗骯髒身體的地方。」

然而，阿咲只是任由渾身連乳房都染紅，不發一語地低著頭，柔軟如生麩的腳底板踩著澡堂石階走下池子。

二

阿清也是酒女——阿咲是酒女的範本，所以換個角度想，或許也可說阿清是被阿咲害死的。

十六、七歲就流落到這深山中，很快就弄壞身子的阿清，逐漸認定這村子就是埋骨之地。男人像擁抱蒼白的影子般，對待這個滿腦子死亡的小姑娘。即便如此，她還是一再被弄壞身子。並且只要有空就和村中幼童玩。

成群建築工人湧入，開始聽見岩石爆裂聲時，她清楚預感到，

「馬路修好前恐怕就會被折磨死。」

果然，阿清不到五天就又臥床不起。小賓館的四歲女童和吃奶的幼兒挨在她枕邊不走，所以她才沒有被趕走，但這村子的酒女人人都聽雇主說過的「妳看看人家阿咲」這句話，縈繞阿清的被窩。而且那被窩只是放醬菜的小屋旁二張榻榻米，但是為了接客，連那裡都得派上用場。

阿清勉強起床，已有自殺的覺悟。不，沒有「自殺的覺悟」這麼強烈的意味，應該說是心灰意冷。就結果看來，只能說做建築工人的生意就是一種自殺而已。

至於喜歡她的孩子們，還搞不清楚她的死和建築工人有何關係。

阿咲泡完溫泉出來，對於阿清的死，以及阿瀧的侮辱都佯裝不知，若無其事地對男人說，

「再見。欸，下次什麼時候再叫我來？」

「別開玩笑了。說什麼再見，這種三更半夜妳要去哪裡？」

「回去啊。如果用走的，天亮前應該能抵達火車站。」

「這段路有十六公里耶，而且是山中。」

「沒事。黑夜和男人都是好伴侶，沒啥好怕的。我可不會勉強你送我。再見。」她說著，懶洋洋地袖手邁步。

「喂，急什麼啊。妳也太無情了吧。等到天亮之後再走嘛。」

「萬一被人發現怎麼辦。」她頭也不回地走向月光凍結的街道。

男人呆立原地。

然而，阿咲等男人消失後，立刻小跑步折返，躲在溪流邊的村中公共澡堂背後。她縮起身子等待，猜想應該還有認識的男人會來泡溫泉。

麥芽逐漸染上霜色。山頂上的天空發白，候鳥不知怎的，沒有停駐在竹林，反而掠過末端飛走了。第二個男人踩熄竹林中的火堆，突然蹲下，

「喂，有人來了。」

支肘側臥的阿咲坐起來說，

「啊，我知道了。是阿清的喪禮。」

「小聲點。」

送葬隊伍走上梯田，逐漸接近竹林。阿咲趴在地上，雙手捧著扁平的雙頰，笑嘻嘻地遠眺。

送葬隊伍——其實只有兩個男人，扛著被洗得發白的棉布罩住的棺材。八成是小賓館的老闆和領班。棺材上放著兩把鐵鍬——該說那是裝飾嗎？這個村子採用土葬。

不過，孩子們又到哪去了呢？阿清生前疼愛過的村中孩童，跟在棺木後頭大排長龍，一路走上山上的墓地——這個幻想不就是阿清活著的期盼？同時，不也是她對死亡的期待嗎？

那些孩子還在睡覺。

阿清被扛著經過竹林旁，去了墳山。

「那樣太慘了吧。」
「是啊。」
「他們想趁著天還沒亮偷偷扔掉她。」
「我也得趁著天沒亮回家了。現在走的話，途中還能追上第一班馬車。」
「喂，好歹把竹葉拍乾淨再走。」
「再見。欸，下次也要寫明信片叫我來喔。」她撿起酒瓶，用盡全力扔出去。酒瓶砸中眼前的竹幹，玻璃碎片四散紛飛。

抒情歌

對死人說話，是多麼可悲的人類習慣。

然而，人類就連到了死後的世界，都必須以生前的模樣活著，在我想來，是更加可悲的習慣。

對植物的命運和人類的命運相似心有所感，就是一切抒情詩的恆久主題。——我連這句話是哪位哲學家說的都忘了，也不知前後文句，就只記得這一句，所以植物究竟是只知開花落葉，抑或蘊藏更深奧的心靈，我無從得知。但此時此刻，認為佛法各種經文是無比可貴的抒情詩的我，就算要對死去的你說話，也不會對著在死後仍保持生前模樣的你說話，我寧可對著眼前含苞待放的早開紅梅，編造你轉世為紅梅的童話，對著那放在壁龕的紅梅訴說，那樣想必會更開心。就算不是眼前我認識的花卉也行。想像你投胎到法國那種遙遠異國，化為不知名山中的不知名花朵，對著那朵花說話也一樣。因為迄今我仍如此愛著你。

這麼說，驀然感到真的在眺望遙遠的異國，雖然什麼都看不見，這房間卻有香氣。
這種香氣是死的。
這麼呢喃著，我笑了出來。
我是個從來不用香水的女孩。
你還記得嗎？四年前的一晚，洗澡時突然聞到一陣強烈香氣的我，雖不知那香水的名稱，卻覺得這樣赤裸地聞著如此強烈的香氣非常難為情，於是就這麼頭暈眼花，幾乎昏厥。那正好是你拋棄我，背著我另娶他人，在蜜月旅行的初夜，於飯店的潔白床鋪噴灑新娘香水的同一時刻。雖然當時我並不知道你結婚，但事後回想起來，那正是同一時刻。
你是否在新床噴灑香水的同時，忽地對我暗自道歉？
你是否曾驀然想到，如果這個新娘是我會怎樣？
西洋香水是強烈的現世香氣。

今晚有五、六個老朋友來我家玩花牌[1]，或許是因為雖是正月卻已過完年，現在玩花牌有點不合時宜了，或許是因為我們這個年紀都已有丈夫孩子，還玩花牌有點不合時宜了，總之彼此都感到對方的呼吸讓室內氣氛沉重，這時父親替我點燃中國香。那雖令室內一陣清涼，但大家似乎仍各自沉浸在回憶中，氣氛還是熱鬧不起來。

我深信，回憶是美好的。

然而，如果是在樓頂有溫室的房間，聚集四、五十個女人，爭相回憶往事，室內想必會蒸騰強烈的惡臭，令溫室的花朵全部枯死。並不是因為那些女人做出了醜事。而是因為和未來相較，過去遠遠更鮮活，更像動物。

懷著那種怪異的念頭，我想起母親。

我最早被稱頌為神童，就是在玩花牌時。

那時我才四、五歲，片假名和平假名都一個字也不認識，可母親也不知怎麼想的，在對戰激烈之際，忽然湊近我的臉說，「龍枝，妳一直乖乖盯著看，難道妳也看得懂？」然後她摸摸我的頭說，「那妳也來試試看，龍枝也拿一張牌吧。」大家一看對手是個無知幼兒，於是正要伸出的手都縮回去了，定睛看著我一人。

「媽媽，這張？」我不經意，真的是不經意地，用比花牌還小的小手，按著母親膝前的一張牌，一邊仰望母親。

率先失聲驚呼的是母親，但大家也跟在母親之後發出感嘆聲，於是母親說，這是湊巧矇到的啦，這孩子連假名都沒學過呢。可是，如此一來，這些來我家作客的人就算只是基於禮貌，也已把輸贏放到一旁，連負責唱牌的人都說「小妹妹準備好了嗎」，為我一個人特地放慢速度，連續三、四次重複唱牌。我又拿了一張牌。這次我也猜中了。後來又拿了好幾張也

1 花牌，主要在正月新年玩的室內遊戲。由唱牌者念出牌面和歌，看誰先找到那張牌。

全部猜中。其實我聽到和歌完全不解其意，一首和歌都不會背，字也不認識，所以真的都是用猜的，我只是隨便動手，同時從母親摸我頭的那隻手感到母親強烈的喜悅而已。

這件事立刻轟動一時。當著來我家的客人面前，或者在母親和我受邀作客的各個家庭，幼小的我不知重複了多少次這個象徵母女之愛的遊戲。而且我不僅會猜花牌，也漸漸顯現更驚人的神童奇蹟。

今晚的我已經自己記住百人一首[2]的和歌，也能自己念出花牌上的平假名，比起只是漫不經心伸手抽牌的神童時代，我現在玩花牌反而變得困難，也變得笨拙。

媽媽。雖然我曾那樣執意向母親尋求愛的證明，如今反而覺得母親像西洋香水一樣膩味。

身為情人的你之所以拋棄我，想必也是因為你我之間充斥太多愛的證明。

自從在遠離你倆住的蜜月飯店的自家浴室，聞到你們新床的香水味，我的靈魂便關上了一扇門。

自你去後，迄今我從未見過你的身影。

迄今我從未聽過你的聲音。

因為我的天使之翼已折斷。

因為我不想飛去有你的死亡世界。

我並非捨不得為你拋棄性命。死後若能轉世為一株野菊，那我肯定明天就會追隨你於地下。

我之所以喃喃自語「這種香氣是死的」為之失笑，也是笑我除了喪禮或法事之外很少點中國香的習慣，但我不禁想起剛剛拿起的兩本書中，關

2 百人一首，通常指《小倉百人一首》，鎌倉時代的歌人藤原定家從百位歌人的作品中每人各選一首，編纂而成的和歌集。常用於日本花牌的牌面。

於香氣的童話。

其中一本是《維摩經》[3]的眾香之國，描寫聖者們坐在散發各類香氣的各種樹下，藉由嗅聞每種香氣領悟真理——從一種香氣認識一個真理，然後又從別種香氣認識別種真理。

外行人看物理學的書，會以為氣味、聲音、色彩也只是人類感受他們的感覺器官不同，根本上是一樣的。科學家們認為靈魂的力量也和電力或磁力一樣，創作出煞有其事的童話故事。

曾有戀人利用傳信鴿作為愛情使者。男人在外旅行，鴿子要如何從男人去的每處遙遠地方回到女人身邊？那是因為戀人們相信，綁在鴿子腳上的情書擁有愛的力量。有的貓見過鬼。有很多時候動物比人類更能夠敏銳預知人類的命運。我記得也跟你提過，在我小時候，父親去打獵時在伊豆的山中走失的那隻波音達獵犬。牠在走失的第八天瘦巴巴地蹣跚回到我家。那隻狗除了主人給的東西什麼也不吃。從伊豆到東京，不知牠是靠著什麼走回來的？

人類從各種香氣領悟各種真理的說法，我不認為那只是美麗的象徵之歌。正如眾香之國的聖者們以香氣為心靈糧食，雷蒙德描述的靈魂之國的人們以顏色作為心靈糧食。

陸軍少尉雷蒙德・洛奇是奧立佛・約瑟夫・洛奇爵士[4]的小兒子。一九一四年志願入伍，隨南蘭開夏第二聯隊出征，一九一五年九月十四日進攻福吉高地時戰死。後來他透過靈媒雷納德夫人和A・V・皮塔茲，詳細轉述靈界的各種情景。他的父親洛奇博士將那些靈界消息彙整成厚厚一本書。

3《維摩經》，敘述中印度大富豪，長於辯才的佛陀俗家弟子維摩（虛擬人物）種種言談的經典。

4 洛奇爵士（Sir Oliver Joseph Lodge, 1851-1940），英國的物理學家。研究無線電信，後來潛心投入心靈學，深信可與死者通話。

雷納德夫人的宿靈是名叫菲依妲的印度少女，皮塔茲的宿靈是名叫穆溫斯特翁的義大利老隱士。所以靈媒講的一口破英語。

住在靈魂之國第三界的雷蒙德，某次前往第五界，看到似是雪花石膏建造的巨大殿堂。

那座殿堂通體雪白，燃燒著五顏六色的燈火。有些地方是整片紅色燈火，還有……藍色的，中央似乎是橘色的。那並非看這段敘述會想像的鮮豔色彩，其實是非常柔和的色調。而且那個人（菲依妲如此稱呼雷蒙德）看了半天，想看出那些顏色來自何處。結果發現，有很多異常寬大的窗子，上面鑲嵌那種顏色的玻璃。殿堂內的人們有的去了透過紅玻璃形成的粉紅光芒之處，也有的站在藍光之中。也有人沐浴橘光和黃光。那個人很好奇大家為何要那樣做。結果有人告訴他。粉紅色的光是愛之光，藍色其實是療癒心靈之光，還有橘色是智慧之光。大家是各自去找自己想要的燈光。根據帶路人的說法，這些光比地上的人們所知道的還要重要。現世想必遲早也會進一步研究各種光的效果。

你大概會笑吧。那種燈光效果，被我們用來裝飾人間愛巢的顏色。治療精神病的醫生也很注重色彩。

雷蒙德關於氣味的故事，也和色彩的故事一樣幼稚。

據說人間腐朽的花朵氣味升上天堂後，那種氣味會讓天堂開出和人間一樣的花朵。靈界的物質全是從人間升起的氣味構成的。如果仔細觀察，人間死掉、腐壞的東西，都有各自的氣味。那種氣味升天後，用那種氣味構成在氣味成為氣味之前的本來物質。相思樹的氣味和竹子的氣味不同。腐爛的亞麻氣味和腐爛的印花布的氣味也不同。

人類的靈魂也不會像鬼火那樣一下子飛出屍體，而是如一縷氣味冉冉從屍體升起，到了天上聚集成團，彷彿是人間殘留的肉體複寫，構成那個人的靈體。因此，在天堂的模樣和在人間的模樣完全一樣。雷蒙德也是，不僅睫毛和指紋都和生前一模一樣，在人間時有蛀牙，到了天堂就重新長出漂亮的白牙。

在人間失明的人重新睜開眼，在人間跛足的男人有了健康的雙腿，和人間一樣，天上也有馬有貓有小鳥，也有紅磚房屋，更令人莞爾的是，就連香菸和威士忌蘇打，都是用人間飄來的香精或以太（ether）那種東西構成的。夭折的小孩去了靈界之後會長大。雷蒙德也見到小時候夭折後在靈界長大的兄弟，但那靈魂對人間懵懂無知的模樣之美，尤其是身穿光織成的衣裳，手拿百合花、名叫莉莉的少女那種純真聖潔，真不知在詩人筆下會被如何歌頌。

相較於偉大的詩人但丁[5]的《神曲》和偉大的心靈學家史威登堡[6]的《天堂與地獄》，雷蒙德的靈界通信只是嬰兒的牙牙學語，但也因此更像祥和溫馨的童話，令人會心一笑。而我，在這冗長的紀錄之中，比起逼真的描述，我更喜歡看似童話的段落。就連洛奇，也不是真的相信靈媒說的靈界種種確有其事，只是他的確和死掉的兒子說了很多話，換言之，據此可以證明靈魂不滅，所以他把這本書獻給在歐洲大戰失去心愛之人的數十萬母親和戀人。同時，在我看過不計其數的靈界通信之中，也找不出第二本像雷蒙德這麼寫實描述靈魂永生的紀錄。不過，與你死別，不得不從這本書尋求慰藉的我，卻只能從中找出一兩則童話，或許是打錯了主意。

然而，就算是但丁或史威登堡，西方人對死後世界的幻想，相較於佛典對眾佛世界的幻想，是多麼現實，又多麼弱小鄙俗啊。在東方，孔子非常乾脆地用一句「未知生，焉知死」就解決這個問題，但此時此刻的我認為，佛教經文對前世與來世的幻想曲是難能可貴的抒情詩。

5 但丁（Dante Alighieri, 1265-1321），義大利中世紀末期詩人，開創文藝復興。生涯騰達時被捲入政治鬥爭而流亡，於顛沛流離的歲月寫下史詩《神曲》。

6 史威登堡（Emanuel Swedenborg, 1688-1772），瑞典科學家、神學家。在他十八本神學著作中，最出名的就是《天堂與地獄》，根據他長年穿梭人間與靈界的體驗，描述人死後進入另一世界的景象。

雷納德夫人的宿靈菲依妲既然是個印度少女，那麼雷蒙德描述了於天堂見到耶穌基督時的戰慄喜悅，為何卻沒有見到釋迦牟尼世尊呢？為何沒有提到佛教經典對死後世界的豐饒幻想呢？

這讓我想起，雷蒙德說聖誕節當天其實可以回到人間的家，慨嘆被死者家屬當成死後也靈魂消滅的靈體們是如何寂寞。自你死後，我從來沒有像在盂蘭盆會祭祀你的魂魄那樣迎接你回來。

所以你也感到寂寞嗎？

我也很喜歡描寫目連尊者[7]故事的《盂蘭盆經》。《睒子經》提到，道不靠著讀經的功德讓父親的枯骨起舞。我也喜歡描寫釋迦牟尼世尊前身是白象的故事。從苧殼迎火[8]至放河燈送火的這些祭祀亡魂的形式，我認為也是很美的家家酒遊戲。日本人也不忘為無名屍進行川施餓鬼[9]的儀式，甚至還有針供養[10]。

不過，我認為最美的，還是一休禪師[11]祭祀亡魂，歌詠「供上山城瓜與茄，加茂川中順水流」的心意。

這是多麼盛大的亡魂祭啊。今年結出的青瓜是精靈，茄子是精靈，加茂川水也是精靈，桃子、柿子和梨子都是精靈，死者是精靈，生者也是精靈，這些靈體紛紛聚集，心無雜念地相會，滿心覺得可貴，只是渾然一體的精靈祭，換言之，這就是一心法界的說法。法界即一心，因此一心即法界，這是草木國土悉皆成佛的祭典。

7 目連尊者，釋迦十大弟子之一的目犍連。入地獄拯救陷入餓鬼道的母親。因此後來才有七月十五日舉辦盂蘭盆會，為祖先供奉食物的習俗。

8 苧殼迎火，在七月十三日焚燒苧麻桿（苧殼）迎接祖先靈魂歸來。兩天後再焚火送走祖先。

9 川施餓鬼，在河邊或船上做法事，為溺死者祈福的儀式。

10 針供養，二月八日這天停止做針線活，把折斷或生鏽不能再用的縫衣針送去神社祭祀以表感謝的儀式。

11 一休禪師（1394-1481），室町末期的臨濟宗僧人。擅長詩與狂歌，精通書畫。

松翁[12]就是這樣解釋一休的歌詠之心。

《心地觀經》說，「一切眾生輪轉五道，經百千劫，於多生中互為父母。以互為父母故，一切男子即是慈父，一切女人即是悲母。」

經文用了悲母這個字眼。

經文也提到父有慈恩，母有悲恩。

悲這個字，如果只解釋為悲傷或許太膚淺，在佛法中，母恩遠重於父恩。

你應該還記得我母親去世時的情景吧。

那時你突然問我，是否在想母親，我不知有多麼驚訝。

當時雨水彷彿被什麼倏然吸收，天氣放晴了，世間彷彿變得空蕩蕩，只有初夏的陽光普照。窗下的草皮彷彿浮現清新的游絲，已是夕陽西斜時分。我坐在你腿上，望著猶如剛剛勾勒出線條般清晰的溪邊雜樹林，草坪邊緣倏然染色，我以為是夕陽照在游絲上，卻見母親走過。

當時我未經父母同意便與你同居了。

但我絲毫不覺羞恥，當我驚愕地準備起身時，只見母親用左手按著咽喉似乎有話想說，就這麼倏然消失。

我頓時又重重落回你腿上，你問我，是否在想母親。

「天啊，你也看到了？」

「看到什麼？」

「我媽剛剛在那邊。」

「在哪裡？」

「就在那裡。」

「我沒看見。妳母親怎麼了嗎？」

「是的，她死了。她一定是來通知女兒她死了。」

12 松翁，全名為布施松翁，著有心學派著作《松翁道話》。生卒年不詳。

我立刻回到父親的家。母親的遺體還沒從醫院送回家。音信不通的我壓根不知道母親生病。母親死於舌癌。所以我才會看到她按著咽喉吧？

我看到母親的幻影和母親斷氣，是同一時刻。

我甚至沒有為這個悲母設置盂蘭盆會的祭壇。更不想聽母親猶如巫女降神般敘述死後世界的種種。還不如把雜樹林的一棵小樹當成母親，對著那棵樹說話於我更愉快。

釋迦告訴眾生，要解脫輪迴牽絆，進入涅槃的精進不退境界。因此，必須不斷投胎轉世的靈魂或許是還在迷惘的可悲靈魂，但我認為這世上應該沒有比輪迴轉生的說法更充滿豐饒夢想的童話。那是人類創造出最美妙的愛的抒情詩。印度從古代《吠陀經》[13]就有這種信仰，所以那或許本就是東方精神，但希臘神話也有愉快的花卉故事，以《浮士德》葛麗卿[14]的牢獄之歌為首，西方也有多如繁星的人類轉生為動物或植物的傳說。

無論是古代聖者或最近的心靈學者們，思考人類靈魂的人們，多半只尊重人類的魂魄，蔑視其他動物和植物。人類歷經數千年，一心只想著以各種定義區別人類與自然界的萬物，始終在胡搞。

或許就是這種自我陶醉的空虛步調，才讓人類的魂魄如今如此寂寞？說不定將來有一天，人類會循著原路倒退回去。

你大概會笑我，說這是太古初民和未開化民族的汎神論？但是科學家越是詳細探究堪稱構成物質根本的東西，不就越發現那種東西是在萬物之間流轉？在人間失去形體後，氣味卻形成死後世界的物質，這其實也不過是科學思想的象徵之歌。就連我這智慧淺薄的年輕女人，這半生都不得不領悟物質的本源和力量不滅，為何卻還有人認為只有靈魂的力量會消滅呢？靈魂這個字眼，只不過是流轉天地萬物的力量的某種形容詞吧？

13《吠陀經》，印度最古老的宗教文獻，為婆羅門教的經典，亦為印度宗教、文學的根源。

14 葛麗卿（Gretchen），歌德的《浮士德》女主角。牢獄之歌是歌詠轉世為小鳥。

靈魂不滅的想法，或許流露出生者對生命的執著以及對死者的愛情，所以相信死後靈魂也擁有那人生前的人格，或許是人性可悲的幻想習慣。但是人不僅執著於生前的模樣，就連對人間的愛恨都帶去死後世界，即便生死相隔，親子仍舊是親子，手足到了死後世界也照樣是手足。我聽說西方的鬼魂多半聲稱冥界也和現世社會相似，我反而覺得只有人類對生特別執著的這種習慣很孤寂。

與其成為什麼白色幽靈世界的居民，我寧願死後成為一隻白鴿或一株銀蓮花。這麼想，不知能讓活著時的心中之愛多麼寬宏自在。

很久以前畢達哥拉斯[15]那一派，也認為惡人的靈魂在來世必將投胎至獸類或鳥類的體內受苦。

十字架上的血還沒乾，耶穌基督就在第三天升天，屍體消失無蹤。忽然有兩人站在旁邊，衣服放光。婦女們驚怕，將臉伏地。那兩人就對他們說，為什麼在死人中找活人呢？他不在這裡，已經復活了。當記念他還在加利利的時候怎樣告訴你們，「人子必須被交在罪人手裡，釘在十字架上，第三日復活。」[16]

雷蒙德在天上偶見的耶穌基督，也穿著像這兩人一樣發光的衣服。不只是基督，靈界眾人全都穿著光織成的衣裳，那些靈魂似乎認為這是自己用心靈做成的衣裳，換言之，在人間過的精神生活將會成為死後靈魂的衣裳。這段靈魂衣裳的敘述中，蘊含人間的倫理教育。一如佛教的來世，雷蒙德的天堂也多達七界，按照靈魂的修行一界界逐步高升。

佛法中輪迴轉生的說法，似乎也是人間倫理的象徵。無論是前世的老鷹今生變成人，或者現世的人來世變成蝴蝶甚至成佛，都是今生行事的因果報應。

15 畢達哥拉斯（Pythagoras, 約 580 BC-495 BC），古希臘教育家、哲學家及數學家。他所開創的畢氏學派，藉著揭露數的奧祕來探索宇宙的永恆真理。

16 出自《新約全書》，路加福音第二十四章。

這是可貴抒情詩的汙點。

古埃及知名的抒情詩「死者之書」[17]的轉生歌最為率真。希臘神話中伊麗絲的彩虹衣裳，是最明亮的光；阿蓮莫蓮的轉生，是最開朗的喜悅。

在希臘神話中，無論月亮或星星，乃至動物和植物，全都被視為神，而且這些神擁有和人類一樣的感情，會哭也會笑，這樣的神話就像裸身在晴天的青草上翩翩起舞般健康。

神話中的神用玩捉迷藏似的隨意態度化身為草花。森林中美麗的精靈貝爾蒂絲為了躲避不是丈夫的年輕人愛慕的眼光，就化為雛菊。

達芙妮為了躲避放蕩的阿波羅，保住處女的純潔，化為月桂樹。

美少年阿多尼斯為了安慰為他的死去悲傷的戀人維納斯，轉生成側金盞花；阿波羅悲嘆俊美青年雅辛托斯之死，把愛人變成風信子。

如此看來，我把壁龕的紅梅當成你，對著那紅梅傾訴想必亦無不可？說來離奇，焰火中生蓮花，愛慾中顯正覺。

被你拋棄，理解了銀蓮花心意的我，或許正如前面這句話所言。據說風神不知不覺愛上美麗的森林女神阿蓮莫蓮。不知怎的這件事傳入風神的戀人花神的耳中，花神在嫉妒之下，把毫不知情又無辜的阿蓮莫蓮趕出宮殿。阿蓮莫蓮夜夜在野地哭泣到天明後，驀然開悟，心想與其如此不如乾脆變成銀蓮花，這輩子就以草花的身分活下去，以草花純真的心去接受天地的恩惠。

與其做個可憐的女神，不如變成美麗的銀蓮花想必更快活，這麼一想，女神的心情這才豁然開朗。

對你拋棄我的恨意，以及對綾子搶走你的妒意，曾令我日日夜夜飽受折磨，不知有多少次想過，與其做個可憐的女人，乾脆變成銀蓮花那樣的

17 死者之書，古埃及陪葬死者的文書。內容為對死者的祈禱、讚頌或幫助死者轉世得到永生的咒語。

草花不知會有多幸福。

人的眼淚很奇怪。

說到奇怪，我今晚對你傾訴的話似乎也都很奇怪。不過仔細想想，我說的都是幾千年來，數千萬甚至數億人夢寐以求的事，我彷彿是作為人類一滴眼淚般的象徵抒情詩而降生人間的女子。

有你這個戀人時，我的眼淚在夜晚入睡前滑落我的臉頰。

可是，失去你這個戀人的當下，我的眼淚是早晨醒來時滑落臉頰。

睡在你身旁時，我從未夢見你。和你分手後反而夜夜夢見被你擁抱，但我總在睡夢中哭泣。早晨醒來變成一件悲傷的事。和當初夜間入睡時開心得頻頻落淚的時候正好相反。

就連物質的氣味和顏色，在精靈的世界不也會成為精神糧食嗎？更何況是戀人的愛，成為女人的心靈之泉又何足為奇。

當你屬於我時，在百貨公司買的一條假領片，在廚房切開的一尾紅鯛，都能夠讓我像一般幸福女人那樣感到愛意相通。

可是失去你之後，花朵的色彩、小鳥的叫聲，於我都變得乏味又空虛。天地萬物和我的靈魂溝通的管道被猛然斬斷了。比起失去戀人，失去有愛的心更令我傷悲。

就在這時我看到輪迴轉生的抒情詩。

在那首詩歌的啟發下，我從禽獸草木之中發現你，發現我，也漸漸找回能夠寬容去愛天地萬物的那顆心。

因此我開悟的抒情詩，或許是充斥人性愛慾的悲哀結果？

我是如此愛你。

我按照初見你時，尚未明確告白愛意那時的習慣，迄今也望著含苞待放的紅梅聚精會神，強烈祈求我的靈魂能夠像無形的水波流動，送往死後不知身在何處的你。

當初我看見母親的幻影時，我還沒說話，你就問我母親是否怎麼了。

正因為我倆曾經那樣心神合一，我認為任何力量都不可能拆散我們，所以才會安心與你分開，回去參加母親的葬禮。

我坐在留在父親家中的三面鏡梳妝檯前，在分開後第一次寫信給你。

父親因母親的死意志消沉，終於同意我們結婚。或許是為了暗示這點，他準備了一套黑色喪服給我，此刻畫著悲傷的妝容，卻是和你同居後第一次穿禮服的我，雖然有點憔悴，但是真的很美喔。真想讓你看看鏡中的這個我。所以我才抽空寫信給你。黑色雖美，但我要為我倆索討更鮮豔華麗的結婚禮服。雖然很想盡快回到你身邊，可我當初畢竟是那樣離家出走，我想這正是道歉的好機會，所以在家中忍到母親的五七。綾子來了吧。你的生活起居，就拜託她打理吧。我弟弟比誰都支持我，小小身子擋在親戚們面前勇敢維護我，真的很可愛。這張梳妝檯到時候我也會帶回去。

我在隔天傍晚收到你的信。

忙著守靈什麼的，想必辛苦妳了，但妳還是要保重身體。我這邊有綾子來幫我打理種種瑣事。妳曾說過那張梳妝檯是以前在教會學校認識的法國女孩回國時留給妳的紀念品，是妳留在家中沒帶出來的東西中最可惜的一件，想必抽屜裡的粉底都已變得硬梆梆，可是依然原封不動吧。遠方的我似乎能看見妳映在鏡中一襲黑衣的美麗模樣。並且也想早點讓妳穿上鮮豔華麗的結婚禮服。我這邊訂做也行，但妳如果向父親撒嬌索討，他肯定更高興喔。雖然這樣好像有點利用對方傷心時趁人之危，但妳父親現在意志消沉，我想應該會同意我們結婚。龍枝救過的弟弟過得還好嗎？

我的信並不是回覆你的信。你的信也不是回覆我的信。

我倆只是湊巧在同一時間寫到同樣的事。這對我倆而言並不稀奇。

這也是我們的愛情證明之一。是打從我們尚未同居前就有的習慣。

你常說，和龍枝在一起時就不會發生意外，所以特別安心。在我告訴你我是如何事先防止弟弟溺死時，你也這麼說過。

那是某年夏天在海岸出租別墅的水井邊，我正在洗全家人的泳衣，忽然感應到弟弟的叫聲，弟弟從浪濤間揮起的一隻手，船帆，雷陣雨的天空，洶湧的海浪，我驚愕地抬頭一看，明明是大晴天，但我急忙衝進屋內，大喊：「媽媽，弟弟出事了！」

母親臉色大變，拽著我的手直奔海岸。當時弟弟正要上帆船。

在場有我的朋友——兩名女學生，不到八歲的弟弟，駕船的是一名高中生。船上甚至已堆滿三明治、哈密瓜和冰淇淋的用具，他們打算一早出航沿著海灘前往八公里外的避暑區。

那艘帆船果然在返航的外海遭遇夾帶強風的午後雷陣雨，船帆想要轉向時不慎翻覆了。

船上三人抓住倒下的帆柱在巨浪間載浮載沉之際，幸好馬達快艇趕往救援，所以只喝了一點海水，並無性命危險。可是如果我年幼的弟弟也在其中，船上只有一個男人，兩個女學生又都不太會游泳，屆時會變成怎樣還很難說。

母親當時之所以立刻趕去，是因為相信我的靈魂預知未來的能力。

就在我因花牌遊戲變得名聲響亮時，小學校長說一定要見見這樣的神童，於是我被母親帶去校長家。當時我還沒上小學，數數勉強只會數到一百，也不認識阿拉伯數字，可我輕易就能做出加減法。應用問題的雞兔同籠，我也立刻說出答案。對我來說很簡單，不用算式也不需運算，我只是隨口說出答案的數字。就連簡單的地理和歷史問題我都答得出來。

但這種神童的預知力，沒有母親陪在身旁就絕對不會顯現。

看到校長誇張地拍膝驚嘆，母親說，家中只要有什麼東西不見了，問這孩子就能立刻找到。

校長說聲「是嗎」，翻開桌上的一本書給母親看，一邊說，「小妹妹總不可能連這是第幾頁都知道吧？」我又隨口說出一個數字，果然和那個頁數吻合。於是校長伸指朝那本書一按，看著我說，「那麼這一行寫的是什麼？」

「水晶數珠，紫藤花。雪落在梅花上。好看的嬰兒吃草莓。」

「天啊，真是太驚人了。果真是千里眼神童。這本書叫什麼名字呢？」

我歪頭想了一下說，是清少納言[18]的《枕草子》。

我說雪落在梅花上，好看的嬰兒吃草莓，其實正確說法應該是「瑞雪紛墜落梅花，美麗乳兒食莓果」，但迄今我仍清楚記得那一刻校長的驚訝和母親的驕傲。

當時的我除了可以背出九九乘法，對於明天的天氣好壞，我家的狗懷了幾胎以及是公還是母，當天的來客，父親的回家時間，下一個女傭的容貌，有時甚至是別家病人的死期，只要一有機會就隨口預言，成了我喜歡的習慣。而且通常我說得都很準。如此一來周遭的人自然滿口吹捧，我或許也有點得意，越發喜歡這樣做，但我因孩童的天真無知沉溺於那些預言遊戲。

這種預知未來的能力，隨著我日漸長大失去幼兒的天真，似乎也漸漸離開了我。是童心蘊藏的天使拋棄了我嗎？

等我長大成人時，只剩一點預知力偶爾如閃電般無預警出現。那個隨性的天使，也在我聞到你和綾子新床的香水時折斷了翅膀，這我前面應該也提過。

在我還是年輕女孩的前半生寫過的信件中，最不可思議的那封雪日情書，如今我再也無力寫出，已成為令人懷念的回憶。信中，我說，

18 清少納言（966-1025），平安時代的女官，其取材自四季、自然與宮中生活見聞的著作《枕草子》，在日後與《源氏物語》並列為平安時期兩大文學著作。

「東京下大雪了。在你家玄關，狼狗猛拽狗鍊幾乎拽倒綠色狗屋，對著鏟雪的男人大聲叫個不停。如果狗也對我那樣叫，我就算大老遠來訪恐怕也不敢進門。可憐那個鏟雪男人背著的嬰兒被嚇得哇哇大哭。你走到門口，溫柔地哄嬰兒。心裡一邊在想，這麼落魄的老頭怎麼生得出如此鮮活可愛的寶寶。不過，老頭其實並沒有那麼老喔。只是因為飽經風霜才顯得格外蒼老。起初本來是你家女傭在鏟雪吧。後來來了一個乞丐似的老頭，拼命鞠躬哈腰說，自己這樣瘦弱的糟老頭，而且還背著孩子，因此到處都不肯雇用他鏟雪，今早到現在都還沒給孩子吃奶，拜託她行行好。女傭說她無法作主，於是去客廳稟報，當時你正在用留聲機聽蕭邦。房間的牆面雪白，古賀春江的油畫和廣重的《木曾雪景》版畫相向而掛。牆上掛的印度花布的圖案是極樂鳥，椅套是白色的，但椅子本身是綠色皮革。同樣是白色的瓦斯暖爐兩端，綴有袋鼠似的裝飾，桌上翻開的攝影集，那一頁正好是鄧肯[19]的希臘古典舞。室內一隅的裝飾架上，還放著聖誕節的康乃馨，想必是美女送的，因此都已經過完年了還捨不得丟吧。還有窗簾……啊，我根本沒見過你家的客廳，卻忍不住浮想聯翩。」

可是隔天一看報紙，東京不僅沒下大雪甚至還是溫暖週日的大晴天，我不禁大笑。

這封信描寫的室內情景，並不是我看到的幻影。

也不是夢中所見。

只是在寫信之際，隨手記下腦海浮現的字句。

然而，當我抱著以身相許的決心拋棄家庭搭乘火車時，東京的確下大雪了。

19 伊莎朵拉・鄧肯（Isadora Duncan, 1878-1927），二十世紀初開創了舞蹈藝術的新局，被譽為「現代舞」之母。

只是在我走進你家客廳之前，早已完全忘了那封下雪天的信。

可當我第一眼看到那房間，明明我們連手都還沒牽過，我卻猛然投入你的懷中說，「啊，原來你是如此如此地愛著我啊。」

「是的，我立刻把狗屋搬到屋子後面了，就在收到妳來信的當天。」

「而且你還把客廳完全照我信上說的裝飾呢。」

「妳在說什麼傻話。客廳原本就是這個樣子喔。從來沒做過任何變動。」

「咦，真的嗎？」

我這才後知後覺地四下打量客廳的樣子。

「我倒覺得妳這麼驚奇才奇怪呢。當初看到那封信時我不知有多驚訝。我心想，原來妳如此愛著我。我相信妳的靈魂一定曾頻頻來找我，所以才會那麼清楚我家客廳的樣子。既然如此，沒道理靈魂能頻頻來訪身體卻不能來，所以我這才有自信和勇氣，寫信叫妳拋棄家庭來找我。妳在還沒見到我之前就已夢見我，可見我倆不正是命中注定的緣分嗎？」

我果然與你心有靈犀一點通。

這也是我倆的愛情證據之一。

隔天早上，果然有我信上寫的老頭子來鏟雪。

我每天去接從大學研究室歸來的你。從郊外火車站到你家有兩條路，一條是熱鬧的商店街，一條是沿著冷清的雜樹林，你回來的時間不定，我們卻總在半路相逢。

我們總是不約而同說出同一句話。

不管我在哪做什麼，當你需要我時，不用呼喚我就已來到你身邊。

你在學校時想吃到的晚餐菜色，也往往正是我在家煮出的菜。

我們之間的愛情證據實在太多了。甚至多到除了分開別無他法。

有一次，我送綾子去玄關時，忽然有點擔心她現在回去不妥，於是請她再多待一會。不到十五分鐘，綾子就流了好多鼻血。如果是在路上流鼻血肯定很麻煩。

這或許也是因為我知道你喜歡綾子吧。

雖然我們如此相愛，雖然我已預知我倆的戀情，為何我卻無法猜到你和綾子結婚，以及你的死去呢？

為何你的靈魂不肯通知我你的死訊？

我曾經做過一個夢，就在盛開的夾竹桃朝蔚藍海面伸出枝椏，路旁豎立白木路標，還有林梢冉冉升起溫泉輕煙的海岸小路，我遇見一個青年穿著飛行服似的服裝，戴著皮手套，眉毛濃密，笑起來時左邊唇角稍微挑起。我們並肩走了一會後，我心頭萌生愛意，雖然夢醒了，但醒來後的我覺得將來或許會和空軍軍官結婚，始終忘不了這個夢。就連夢中那艘離岸很近的汽船船身上「第五綠丸」這幾個字，我都記得清清楚楚。

就在做了那個夢的兩三年後，我在那個景色和夢中一模一樣的小路與你相遇了，那天早上我是有生以來第一次被叔叔帶去那個溫泉區，所以我以前不可能見過那種風景。

你看到我，彷彿終於得救，而且彷彿一眼就被我吸引，問我要去鎮上的路該怎麼走。

我羞紅的臉孔驀然轉向海面，啊——船尾清晰可見「第五綠丸」這幾字的汽船正航行海上。

我顫抖著默默走路。你跟在後面說，「妳要回鎮上嗎？能否告訴我腳踏車店或汽車行？冒昧打擾真不好意思，其實我騎摩托車出來旅行，可是遇到馬車，馬被摩托車的聲音嚇得發狂，我想閃到路旁卻不慎撞上岩石，把摩托車撞壞了。」

還沒走到兩百米，我們已經聊開了。

我甚至脫口說出「以前好像在哪見過你」這種話。

「我也覺得怎麼會沒有早點遇見妳。換言之，和妳說的是同樣意思。」

後來，每次當我在溫泉小鎮偶然看見你的背影，在心中呼喚你時，無論相距多遠你都會立刻回頭。

和你一起去的地方，我好像以前都曾去過。

和你一起做的事，好像以前都曾做過。

可我倆之間的心弦還是猛然斷掉——是真的，彈鋼琴的B音，回答的卻是小提琴的B音，音叉共鳴，靈魂相通想必也正是那樣，所以我甚至沒有感知到你的死訊，或許是因為你我某一方的靈魂收信局發生故障吧。

也或許，我超越時間和空間發揮的靈魂力量，因為害怕打擾你們夫妻的安寧，主動關上了我的靈魂之門？

以亞西西的方濟各[20]為首，對十字架上的主耶穌信仰虔誠的少女們，腋下紛紛像被長槍戳刺那樣流出鮮血。還有，人人也都聽過單憑詛咒便可以意念殺人的生靈、鬼魂的故事。得知你的死訊時，我毛骨悚然，更想化為草花了。

心靈學家們說，現世的靈魂和死後的靈魂熱烈聚集而成的靈魂士兵們，為了消滅阻隔生死的人類思考習慣，在二者之間架橋開路，正為了讓世間再無死別的悲傷而奮戰。

然而今時今日的我，比起聽到你來自靈界的愛情證據，或者在陰間與來世成為你的戀人，不如你我都化為紅梅或夾竹桃的花，讓搬運花粉的蝴蝶為我倆締結連理，那似乎遠遠更美麗。

這麼一來，我也就不用遵循人類可悲的習俗，這樣對著死人傾訴了。

20 亞西西的方濟各（San Francesco d'Assisi, 1182-1226），生於義大利中部小城亞西西的苦行僧，天主教派的方濟各會創立者。

禽獸

小鳥的叫聲，打破他的白日夢。

已經老朽的卡車上，放著比戲劇舞台上那種押解重犯的圓筒形竹籠還大上兩三倍的鳥籠。

不知幾時，他搭乘的計程車似乎插入送葬的車隊之中。後方那輛汽車，駕駛臉孔前的擋風玻璃上貼著「二十三」這個號碼牌。轉頭看路邊，原來就在門口有「史蹟太宰春台[1]墓」這塊石碑的禪寺前。寺門也貼著告示：

「山門不幸，津送[2]執行。」

此處位於坡道的途中。坡下是交通警察站崗的十字路口。現在一下子出現三十輛汽車，頓時交通堵塞，望著放生的鳥籠，他漸感煩躁。他對小心翼翼抱著花籃，拘謹端坐在他身旁的小女傭說，

「已經幾點了？」

然而，小女傭當然不可能有手錶。司機代為回答，

「差十分七點，這個錶慢了六、七分鐘。」

初夏傍晚的天色還很亮。花籃的玫瑰香味濃郁。禪寺庭院飄來某種六月樹木的惱人花香。

「這樣來不及，能否趕趕路？」

「可是現在必須先盡量從右側鑽出車隊，然後才能加速——日比谷公會堂有什麼活動嗎？」司機大概打算待會撿幾個剛散場的客人做生意。

「是舞蹈發表會。」

「啥？——不過他們放生那麼多鳥，不知得花多少錢呢。」

「半路遇上喪禮，真是觸霉頭。」

紛亂的拍翅聲傳來。是卡車起步時的震動，令鳥群一陣騷動。

1 太宰春台（1680-1747），江戶時代的漢學家。繼承了荻生徂徠提倡的古文辭學。

2 津送，寺院和尚的葬禮。

「這是好兆頭喔。據說這可是大好事。」

司機彷彿要用車子體現自己這句話的表情，往右一滑，開始迅速超越送葬車隊。

「奇怪。說法完全相反啊。」他說著笑了，不過，人類會養成那樣思考的習慣，想必是理所當然。

要去看千花子跳舞，卻在意這種事，現在看來想必很可笑。若真要說觸霉頭，比起在路上遇見喪禮，把動物屍體扔在家裡不管，想必更觸霉頭。

「等我們回去了，今晚一定要記得把戴菊扔掉。還放在二樓的壁櫥裡吧？」他厭煩地對小女傭交代。

那對戴菊死去已有一週。他懶得把屍體從鳥籠取出，一直放在壁櫥沒管。那個壁櫥就在上樓梯後的盡頭。每次有客人來，就得把壓在鳥籠底下的坐墊拿進拿出，可他和女傭卻都懶得扔掉，因為他們已習慣小鳥的屍體了。

戴菊和煤山雀、褐頭山雀、鷦鷯、藍歌鴝、銀喉長尾山雀一樣，都屬於最小型的家鳥。身子上半截是橄欖綠色，下半截是淡黃灰色，脖子也帶點灰色，翅膀有兩條白帶，長羽毛的邊緣是黃色。頭頂有黑色粗線圍繞一圈黃線。羽毛張開時，那條黃線就清晰出現，看起來就像是頭戴一片黃菊花瓣。雄鳥的黃色帶有深橘色。渾圓的眼睛有種天真的可愛，開心地繞著鳥籠頂端走來走去的動作也很活潑，既惹人憐愛又有高雅氣質。

鳥店老闆是晚上送來的，因此他立刻把鳥籠放在昏暗的神龕上，過了一會去看，小鳥的睡姿極美。兩隻鳥相依相偎，互相把頭埋進對方身體的羽毛中，就像一顆毛線球那樣渾圓。分不出彼此。

年近四十仍單身的他，感到心頭湧現幼年的溫情，站在餐桌上動也不動，就這麼凝視神龕許久。

他想，即便是人類，若是年幼的初戀情侶，或許在某處起碼也有一對是這樣美好地交頸而眠。他希望有人陪他一起看這睡姿，卻沒有把女傭叫來。

從翌日起，他吃飯時也把鳥籠放到餐桌上，邊看戴菊邊用餐。甚至他會客時，也不曾把小寵物從身邊拿開。他沒有專心聽對方說話，只顧著一邊對日本歌鴝的雛鳥比手勢一邊伸指餵食，熱衷於這樣用手勢訓練小鳥，或者耐心地替膝上的柴犬抓跳蚤，

「柴犬有點宿命論者的味道，我很喜歡。不管是這樣放在腿上或讓牠坐在房間角落，牠都可以待上半天不動。」

而且往往直到客人起身離去，他都不曾正眼瞧過對方。

夏天的時候，他把紅孔雀魚和鯉魚的幼苗放進客廳桌上的玻璃缸中，

「或許是年紀的關係，我漸漸討厭和男人見面。男人真煩。我總是立刻就厭倦了。無論吃飯或旅行，同伴都只能是女人。」

「那你結婚不就好了。」

「可是我希望對方是看起來很無情的女人，所以沒辦法。明知這傢伙冷酷無情，還若無其事地來往，到頭來那樣最輕鬆。我現在雇用女傭也是盡量找看似無情的。」

「就是因為這樣你才會養動物吧。」

「動物通常不無情。——身旁如果沒有什麼小生物時刻陪伴，我就覺得非常寂寞。」

他一邊心不在焉地說著這種話，一邊深深凝視玻璃缸中五彩繽紛的鯉魚苗，隨著游泳不斷變幻魚鱗光澤，感嘆著即便在這麼狹小的水中也有微妙的光影世界，早已把客人拋諸腦後。

鳥店老闆只要弄到什麼新的鳥，也不問就直接送來給他。他書房裡的鳥有陣子甚至多達三十種。

「賣鳥的又來了嗎？」女傭說著很不高興，

「有什麼關係。只要想到這玩意能讓我高興四、五天，簡直太便宜了。」

「可是，老爺整天盯著鳥，神情實在太認真了。」

「有點令人毛骨悚然是吧。覺得我快瘋了是吧。家裡一片死寂太安靜了是吧。」

但是在他看來，新的小鳥剛送來那兩三天，生活充滿清新的感受。會感到這天地間的可貴。這八成是他自己的問題，但他就是無法從人類身上得到那種感受。比起貝殼或草花的美麗，小鳥是鮮活會動的，因此更能立刻發現造化之妙。就算成為籠中鳥，這些小生物也盡情展現了生命喜悅。

那對嬌小活潑的戴菊尤其如此。

然而一個月後，某天餵飼料時，其中一隻趁隙飛出籠子。女傭慌了手腳。小鳥逃到倉庫上方的樟樹。樟樹的葉片上有晨霜。兩隻鳥一裡一外，扯高嗓子互相呼喚。他立刻把鳥籠放到倉庫的屋頂上，備妥黏鳥竿。然而，逃出籠子的鳥頻頻悲切啼叫，似乎在正午時分終究飛走了。這隻戴菊來自日光的山中。

剩下的那隻是雌鳥。想到當初鳥兒睡得那麼美，於是他頻頻催促鳥店老闆再送一隻雄鳥來。自己也去各家鳥店，卻始終沒找到。最後那個老闆又從鄉下弄來一對給他。他說只要雄鳥，

「這本來就是成對的。只剩一隻放在店裡也沒用，而且雌的是免費送給您。」

「可是，三隻鳥能夠和平共處嗎？」

「應該沒問題。只要把這個籠子靠在一起放上四、五天，彼此就會習慣了。」

然而，他就像小孩子玩新玩具，已經等不及了。鳥店老闆一走，他立刻把新來的兩隻鳥放進原先那隻鳥的籠子。結果比想像中鬧得更兇。新來的兩隻鳥也不肯停在棲木上，一直在籠子裡慌亂地飛過來飛過去。原先的那隻戴菊嚇得呆站在籠子底部，畏畏縮縮地仰望那兩隻鳥大鬧。那兩隻鳥

就像遭遇危險的夫婦，互相呼喚對方。三隻鳥都嚇得心跳急促。他只好試著把鳥籠放進壁櫥，那對鳥啼叫著互相依偎，失偶的雌鳥獨自在旁邊驚恐不安。

他心想這樣不行，又把牠們分開放在兩個籠子，但是看到一方成雙成對，另一方的雌鳥未免太可憐。於是，他把新來的雄鳥和原本的雌鳥放在一個籠子裡。新來的雄鳥和被拆散的妻子互相呼喚，並不理會原本的雌鳥，可是不知幾時，兩隻鳥還是挨在一起睡著了。翌日傍晚，當他再把三隻鳥放在一個籠中時，也沒有昨天鬧得那麼兇了。兩隻鳥從兩側把頭埋進中間那隻的身子，三隻擠成一團圓球睡著了。於是他把籠子放在枕畔，自己也睡了。

然而，隔天早上醒來一看，只有兩隻鳥如溫暖的毛線球酣睡，在那棲木下方的籠子底部，有一隻鳥半張開翅膀，伸直雙腳，微微睜眼，就這麼死了。他悄悄把屍體撿出來，以免被另外兩隻看到，背著女傭將鳥屍扔進垃圾桶。他覺得自己犯下殘忍的謀殺。

他心想，「不知死的是哪一隻？」對著鳥籠看了半天，和他的預期相反，活下來的似乎是原先那隻雌鳥。比起前天剛來的雌鳥，他對已經養了一陣子的那隻雌鳥當然更有感情。或許是那種偏愛讓他這麼想。沒有家人的他，憎恨自己這種偏愛。

「若有感情多寡之分，何必和動物同住。人就已經夠了。」

戴菊很脆弱，據說很容易死掉。但是後來，他的那兩隻鳥活得很好。自從得到偷獵來的伯勞雛鳥，開了先例之後，為了餵食來自山中的各種雛鳥，每到固定的季節他甚至無暇出門，如今那個季節又快到了。他把臉盆拿到簷廊，給小鳥洗澡時，紫藤花飄落盆中。

聽著拍翅的水聲，打掃籠中鳥屎時，牆外傳來小孩的吵鬧聲，聽起來似乎是在擔心什麼小動物的性命，他心想該不會是他家養的剛毛獵狐梗幼犬從院子跑出去迷路了，於是從圍牆上伸頭一看，原來是一隻雲雀雛鳥。

連站都還站不穩，正用脆弱的翅膀在垃圾堆中掙扎。他當下萌生收養的念頭，

「這是怎麼回事？」

「是對面那戶人家……」一個小學生指著桐葉青翠得討厭的房子，「是他們扔掉的。鳥會死吧。」

「嗯，會死。」他冷淡地離開圍牆。

那戶人家，養了三、四隻雲雀。大概是覺得這隻雛鳥將來無望成為叫得好聽的鳴鳥，所以就扔了吧。這種廢物撿回來也沒用，他的菩薩心腸頓時消失了。

有些小鳥在幼雛時分不出雌雄。賣鳥的不管三七二十一從山裡把一個巢裡的鳥都帶回來，等到一分出雌鳥就扔掉。因為不會叫的雌鳥賣不出去。喜愛動物的人，自然也會逐漸追求更優秀的品種，另一方面也難以避免這種冷酷根深蒂固。他生來只要看到任何寵物都想養，但透過經驗他發

現那種博愛結果等於薄情，也認為最後會導致自己對生活的心態墮落，因此現在無論是怎樣的名犬或名鳥，只要是被別人養大的，就算別人再怎麼懇求他收下，他也絕對不養。

孤獨的他任性地想，所以才說人類很討厭。如果成為夫婦，成為親子手足，就算對方是爛人，也難以輕易斷絕關係，不得不認命地共同生活。而且每個人都有所謂的自我。

相較之下，把動物的生命和生態當玩具，把某種理想模型定為目標，人工化、畸形化地養育動物，反而更有種悲哀的純潔、神聖的清爽。對於那些瘋狂追求更好的優良品種，幾近虐待動物的愛護動物人士，他將之視為這天地之間的人類悲劇性象徵，雖然報以冷笑還是原諒了他們。

去年十一月的某個傍晚，一個據說有腎臟病宿疾，所以變得像乾癟橘子似的狗販子，順路經過他家，

「其實，剛剛出了不得了的事。我帶狗進入公園後就鬆開繩子，因為

大霧瀰漫視線昏暗，我才一下子沒看到狗，沒想到已經被野狗纏上了。我立刻分開牠們，大罵畜生，踹狗肚子，踹得狗幾乎站不起來——我想應該不至於，不過，說來諷刺，這種情況反而容易懷孕。」

「真沒用。你不是專做這行生意的嗎？」

「是啊，太丟人，都不好意思跟人說。可惡，害我一下子就損失四、五百。」狗販子說著，黃色的嘴唇抽搐。

那隻精悍的杜賓犬，膽怯地縮著脖子，不時用畏怯的眼神仰望腎臟病人。濃霧飄來了。

那隻母狗，在他的幫忙仲介下應該賣得出去。總之，如果去了買主家生下雜種狗，他會很沒面子，儘管他再三如此強調，但狗販子似乎很缺錢，過了一陣子，沒給他看狗就賣掉了。果然過了兩三天後，買主牽著狗來找他。據說買下的隔天晚上就產下死胎。

「據說是女傭聽到痛苦的呻吟聲，打開遮雨板一看，母狗正在簷廊底下吃自己生下的孩子。我嚇壞了。那時天才剛亮，而且還搞不清狀況，也不知生了幾隻，女傭看到時，母狗似乎正在吃最後一隻生出來的小狗。我立刻請來獸醫，獸醫說狗販通常不可能偷偷把懷孕的母狗賣掉，一定是被野狗纏上，狠狠踢打過母狗才賣給我的。而且生產的情況也不尋常。說不定這隻狗有吃小狗的習慣。全家人都非常憤慨，叫我把狗退還。說這隻狗被如此對待太可憐。」

「我看看。」他說著，隨手抱起狗，撥弄著狗的乳房說，

「這是曾經養過孩子的乳房。這次是因為生出的是死胎牠才會吃掉。」

他很氣憤狗販子的不人道，雖然同情狗，卻用麻木的神情如此說。

在他家，也曾生下過雜種狗。

他即使出外旅行，也無法和男伴睡一個房間，自然更不可能讓男人在家裡過夜，也沒有雇用工讀生，不過，他養的狗都是母狗，倒是和他那種討厭男人渾身濁氣的心態無關。公狗除非特別優秀，否則不可能當種狗。

買種狗要花錢，還得像捧電影明星那樣大作宣傳，因此走紅得快，過氣也快。還會被捲入進口種狗的競爭，有點像賭博。他曾去某家狗店，讓老闆給他看過種狗界知名的日本梗犬。那隻狗整天窩在二樓的被窩中。只要被抱到樓下，狗似乎已養成習慣，立刻以為是母狗來了。就像熟練的妓女。狗毛很短，因此那異常發達的器官清楚可見，連他都不忍直視，只覺得可怕。

不過，他倒也不是因為在意那種事才不養公狗，主要還是因為他很期待狗的生產和養育小狗。

那是一隻血統可疑的波士頓梗犬。牠喜歡挖牆腳，咬破老舊的竹籬笆，交配期本來已準備讓牠配種，但狗似乎咬斷繩子自己跑出去了，因此事先已知道牠會生出雜種。但是被女傭叫起，他還是像醫生一樣立刻清醒，

「去拿剪刀和脫脂棉花。還有，立刻剪斷酒桶的繩子開酒。」

中庭的泥土，只有被初冬朝陽照耀之處有種淡淡的新鮮氣息。在那陽光中，狗躺臥著，像茄子一樣的肉袋已從肚子冒出頭。母狗稍微搖搖尾巴，仰望著他似乎在訴說什麼，他突然感到類似道德上的譴責。

這隻母狗是第一次來月經，身體尚未發育成熟。因此牠的眼神，似乎還懵懂不知何謂分娩。

牠似乎在想，「自己的身體現在究竟發生了什麼事？雖然不大明白，總之好像很麻煩。該怎麼辦才好？」母狗有點尷尬地難為情，同時卻又異常天真地任人擺布，對於自己的行為，似乎不覺得必須負任何責任。

所以他才會想起十年前的千花子。想當年，她賣身給他時，神情就像這隻狗一樣。

「聽說做我這種買賣，會漸漸冷感，是真的嗎？」

「這種情形不能說完全沒有，不過如果遇到妳喜歡的人應該不會。況且，如果妳只有兩三個固定對象，也不算做買賣吧。」

「我很喜歡你喔。」

「可還是已經沒感覺了嗎？」

「沒那回事。」

「真的嗎？」

「嫁人的時候就會知道吧。」

「會知道的。」

「那我該怎麼做才好呢？」

「妳以前是怎樣？」

「你老婆是怎樣？」

「不知道。」

「告訴我嘛。」

「我根本沒老婆。」他說著，不可思議地凝視她認真的神情。

「因為和當時很像，所以才會耿耿於懷啊。」他抱起狗，放入產箱。

母狗立刻生下帶著胎衣的小狗，但牠似乎不知怎麼處理。他拿剪刀剪開胎衣，剪斷臍帶。第二胎很大，發青的渾水中，兩個胎兒已呈現死色。他立刻用報紙包起來。接著又生下三隻。全都包裹胎衣。然後是第七胎，這是最後一隻，小狗在胎衣中蠕動，卻很虛弱。他看了一會，連同胎衣直接用報紙一裹，

「拿去找個地方扔掉。在西方，會用殺嬰來減少人口，發育不良的嬰兒就殺掉。雖然那樣更能培育出好狗，但是充滿人情的日本人做不到。——妳給母狗吃點生雞蛋補補。」

之後他洗淨手，又鑽回被窩。新生命誕生的清新喜悅洋溢心頭，讓他很想上街四處走走。他已經忘記自己殺死了一隻小狗。

可是，當小狗已能微微睜眼的某個早上，其中一隻死掉了。他拎起來放入懷中，早上出去散步時順便扔了。兩三天後，又有一隻死去。原來是母狗為了做窩四處扒稻草，小狗被埋進稻草堆中。可小狗還沒有那麼大的

力氣能夠自己撥開稻草爬出來。母狗沒有把孩子叼出來。不僅如此，還躺在底下壓著小狗的稻草堆上。小狗在夜間或被壓死或被凍死。就和人類之中愚蠢的母親用乳房悶死嬰兒一樣。

「又死了。」他隨手把第三隻的屍體放進懷中，吹口哨叫來附近的狗群，去了附近的公園，看到波士頓梗犬連自己殺了孩子都不知道，喜孜孜地四處跑，他就忽然又想起千花子。

千花子十九歲時，被投機客帶去哈爾濱，在那裡向白俄人習舞三年。那個男人做一行賠一行，似乎已經失去生活動力，後來讓千花子加入巡迴滿州[3]的樂團，兩人好不容易才回到日本本土，但是在東京安頓下來沒多久，千花子就拋棄投機客，和從滿州一路同行的伴奏者結婚了。從此也在各地舞台表演，舉辦自己的舞蹈發表會。

當時，他也算是樂壇相關人士之一，不過，與其說他理解音樂，毋寧只是每月花錢買某音樂雜誌。但是為了和熟人閒聊有話題，他還是常去音樂會。也看了千花子的舞蹈，深受她肉體的野蠻頹廢感吸引。不知是什麼樣的祕密，讓她身上的野性如此甦醒，回想起六、七年前的千花子，他深感不可思議。甚至懷疑當時為何沒有和她結婚。

然而，第四次舞蹈發表會時，她的肉體力量明顯減弱了。他氣勢洶洶地跑去後台休息室，也不管對方還穿著舞衣正在卸妝，拽起她的袖子就把她帶去陰暗的後台。

「放開我！只要一碰到什麼，乳房就會痛。」

「妳這樣不行，為什麼要做這種傻事。」

「可是我從以前就喜歡孩子。我真的很想要自己的孩子。」

「妳想自己養孩子？做那種沒出息的事，有助於妳的舞蹈事業嗎？現在就有孩子怎麼得了。妳應該早點發現的。」

---

3 滿洲，中國的東北三省以及內蒙古東北區，還有河北省承德市。

「可是，我也沒辦法呀。」

「說什麼傻話。女藝人怎麼能動不動就那麼老實。妳老公是怎麼想的？」

「他很高興，很寵我。」

「哼。」

「以前做過那一行的我，竟然也能懷孕，我好高興。」

「那就別跳舞好了。」

「不行。」她的聲音出乎意料的激動，讓他沉默了。

然而，千花子再也沒生第二胎。生下來的孩子也從她身邊消失了。或許是因此，她的夫妻生活似乎也逐漸出現裂痕。這樣的傳聞也傳到他耳裡。

千花子無法像這隻波士頓梗犬一樣對小孩漠不關心。

那些狗崽也是，其實只要他想救，還是救得活。第一隻死後，如果把稻草切得更細碎，或者在稻草上面鋪層布，就可以讓之後的幾隻免於死亡。這點他很明白。可是，最後剩下的那隻，終究也和前面那三兄弟一樣死掉了。他當然沒有那種巴不得狗崽死掉的心態。但，也沒有非要讓狗崽活下去的想法。如此冷淡，大概是因為那些狗崽是雜種吧。

路旁的狗經常一路跟著他。他特地繞遠路，一邊和那些狗說話一邊走回家，然後餵牠們食物，給牠們鋪個溫暖的窩過夜。他很慶幸狗能夠理解他的心地善良。但是，等他自己養狗後，就對路旁野狗再也不屑一顧了。對於人，想必也是如此，他在蔑視世間家庭的同時，也嘲笑自己的孤獨。

雲雀雛鳥亦然。想收養的慈悲心腸瞬間消失，他覺得廢物鳥撿回來也沒用，任由孩子們把鳥玩死了。

不過，看著這隻雲雀雛鳥的短暫瞬間，卻讓他的戴菊泡水泡太久了。

他驚慌地把籠子從水盆取出，但兩隻都已倒在籠底，就像濕答答的破布動也不動。放在手心一看，腳還在微微抽動，

「好險，還活著。」他士氣大振，把已經閉上眼，小小的身子徹底冷透，看似回天乏術的小鳥握在手裡，在長火盆上烘烤，並且命女傭添炭煽火。羽毛開始冒出蒸汽。小鳥痙攣地抽動。他覺得光憑小鳥遭到熱氣烘烤的震驚，應該也能成為與死神格鬥的助力，但他的手受不了熱氣，於是他在籠子底部鋪上手巾，把小鳥放在上面，在火上烘烤。手巾都烤成焦黃色了。小鳥不時彈起似的，張開翅膀拍動打滾，可是始終無法站立，又閉上了眼睛。羽毛已經完全乾了。可是只要一離開火，就躺著不動，顯然沒救了。女傭去養雲雀的那家打聽，據說小鳥虛弱時，只要給鳥喝粗茶，用棉花包裹就行了。他用脫脂棉花包裹小鳥，雙手捧著，把茶水弄涼餵進鳥嘴。小鳥喝了。之後湊近磨碎的飼料，伸出頭開始啄食。

「啊，活過來了。」

這是多麼暢快的喜悅啊。驀然回神才發現，為了救小鳥，已經耗了四個半小時之久。

不過，兩隻戴菊想停在棲木上卻一再掉落。似乎是腳趾打不開。把鳥抓來用手指一摸，腳趾始終蜷縮僵硬。就像枯枝似乎一折就斷。

「先生剛才不是拿去烤過火嗎？」被女傭這麼一說，腳爪的顏色的確變得乾枯，正因為覺得不妙，於是更加生氣，

「我明明放在手心裡，又鋪了手巾，鳥腳怎麼可能被烤焦。——明天如果腳還沒好，妳就去賣鳥的那裡問問該怎麼處理。」

他把書房的房門上鎖，關在裡面，將小鳥的雙腳含在嘴裡替小鳥暖腳。舌頭碰到鳥腳的觸感幾乎令他落下憐憫的淚水。最後他手心的汗都弄濕翅膀了。被口水濕潤後，小鳥的腳趾稍微變得柔軟了。如果動作粗魯恐怕會輕易折斷，因此他先小心翼翼拉開一根腳趾，讓鳥爪握著自己的小指。然後又把鳥腳含在口中。他取出籠中棲木，把移入小碟的鳥食放到籠底，但是用僵硬的雙腳站著吃，似乎對鳥來說還是太困難。

「鳥店老闆果然也說，應該是先生把鳥腳烤焦了。」翌日女傭從鳥店

回來稟報，

「他說可以用粗茶替小鳥暖腳。不過基本上鳥好像自己啄啄腳就會好。」

原來如此，小鳥的確頻頻用嘴敲自己的腳趾，或者叼著拉扯。

小鳥以啄木鳥的氣勢，精神十足地啄腳，彷彿在說「腳啊，你怎麼了，你要振作點啊」。牠用僵硬的雙腳毅然試圖站起來。彷彿覺得身體某部分不聽使喚簡直太不可思議，小生命的這種開朗，令人甚至想大聲替牠加油。

雖然給鳥浸泡了茶水，不過好像還是含在嘴裡比較管用。

這兩隻戴菊原先都不太親近人，之前每次被抓住時，甚至會胸脯劇烈起伏，可是腳受傷的這一兩天，似乎徹底習慣了他的掌心，不僅不害怕，甚至愉快地啼叫，任由他抱著吃飼料。那讓鳥看起來更惹人憐愛。

然而，他的照料始終沒出現成效，他開始懈怠，任由蜷縮的腳趾沾滿鳥屎，第六天早上，這對戴菊一同死了。

小鳥的死實在叫人捉摸不定。通常都是早上才意外在鳥籠發現屍體。在他家，第一隻死掉的是紅雀。兩隻都在夜間被老鼠咬掉尾巴，血染鳥籠。雄鳥翌日就死了。可是不斷添補進來陪伴雌鳥的雄鳥，不知何故全都相繼死掉，唯有雌鳥露出猴子似的紅屁股，依舊活了很久。不過，最後雌鳥還是逐漸衰弱死掉了。

「我家好像養不活紅雀。以後都不養紅雀了。」

他原本討厭紅雀這種少女才喜歡養的鳥類。比起西洋式的撒餌餵鳥，他更愛日本將鳥食磨碎餵鳥的典雅。就拿鳴鳥來說，他也不喜歡金絲雀、黃鶯、雲雀這種叫起來特別熱鬧的鳥。但他之所以養紅雀，只不過是因為鳥店老闆非要送給他。一隻死後，他才買了後面幾隻添補罷了。

不過，拿狗來說，比方說一旦養了牧羊犬，就不想讓那個品種就此在家裡絕跡。就好像人會憧憬像母親的女人。會愛上像初戀情人的女人。會想和亡妻相似的女人結婚。那或許是同樣的道理。和動物一起生活，是因為想更寂寥地感受自由的傲慢，於是他不再養紅雀。

繼紅雀之後死掉的黃鶺鴒，從腰部到背後的黃綠色及腹部的黃色，還有那溫柔淡雅的外型，頗有稀疏竹林的意趣，尤其是很親近人，就算不肯進食時，只要他伸手餵食，還是會半張開翅膀愉快地抖動，發出惹人憐愛的叫聲，開心地進食，甚至會嬉戲著想啄他臉上的黑痣，所以被他放出來在房間玩，撿食了太多鹽味煎餅之類的碎屑死掉之後，他就很想再買一隻。但他最後還是打消念頭，把以前從來沒養過的琉球歌鴝放進那個空鳥籠。

不過，或許是因為戴菊無論是溺水或腳受傷，都是他的過失造成，因此反而難以徹底死心，鳥店老闆很快又送了一對戴菊來。雖然同樣也是嬌小的鳥，但這次給鳥洗澡時，他始終守在水盆旁寸步不離地盯著，卻還是迎來同樣的結果。

把鳥籠從水盆取出時，鳥雖然渾身哆嗦閉著眼，好歹是用雙腳站著，已經比上次好多了。這次他也已經知道要小心別把鳥腳烤焦。

「又搞砸了。替我生火。」他故作鎮定，難為情地說。

「先生，還是讓鳥死掉算了吧？」

他彷彿大夢初醒般吃了一驚。

「可是，有了上次的經驗，明明可以輕易救活。」

「就算救活了，也活不久啦。上次也是，鳥腳變成那樣，我都覺得還不如趁早死掉才好。」

「只要急救一下明明可以救活。」

「讓鳥死掉才更好啦。」

「是這樣嗎？」他忽然心神恍惚地感到肉體的衰微，默默走上二樓的書房，把鳥籠放在窗邊的陽光中，只是茫然望著戴菊逐漸死去。

他暗自祈禱，或許陽光會救活鳥。但他有種莫名的悲哀，就像清楚看見自己的窩囊，他無法再像上次那樣，為了救活小鳥弄得雞飛狗跳了。

等小鳥終於斷氣後，他從籠子取出小鳥濕淋淋的屍體，放在手心半晌。然後又放回籠中，直接把鳥籠塞進壁櫥。他立刻下樓，若無其事地只對女傭說了一句，

「死掉了。」

戴菊正因為體型嬌小，很脆弱容易死亡。不過，同樣嬌小的銀喉長尾山雀、鷦鷯、煤山雀之類的，在他家卻活得很好。況且竟然兩次都因洗澡害死鳥，該不會是類似死過一隻紅雀的家裡，就難以再養活紅雀吧？他不禁產生這種因果報應的想法，

「我和戴菊從此絕緣。」他說著對女傭一笑，在起居室懶散躺著，任由小狗們拉扯他的頭髮，之後從十六、七個成排鳥籠中挑選了貓頭鷹，拎著上樓去書房。

貓頭鷹一看到他就憤怒地瞪圓雙眼，縮起脖子不停轉動，叫個不停還

呼呼吹氣。只要有他在場，這隻貓頭鷹絕對什麼也不吃。如果用手指拎著肉片接近，鳥就會憤怒地一口咬住，但是肉片始終被叼在嘴裡不肯吞下。他甚至曾經和貓頭鷹較勁，互瞪到天明。只要有他在旁邊，貓頭鷹對鳥食就正眼也不瞧。也不動。可是等到天色逐漸泛白，貓頭鷹終究餓了。可以聽見鳥沿著棲木逐漸橫著走近飼料的腳步聲。他立刻轉頭。只見鳥聳起頭上的羽毛，瞇著眼，露出前所未有的陰險狡猾的表情，原本已朝飼料伸出脖子的鳥，當下吃驚地抬頭，憤恨地對他吹氣之後，裝作若無其事。他轉頭看別處。不久又聽見貓頭鷹的腳步聲。雙方對上眼。鳥再次遠離飼料。這樣不斷重複之際，伯勞鳥已開始響亮地高歌早晨的喜悅。

他不僅不恨這隻貓頭鷹，甚至得到愉快的慰藉。

「我正在找找看有沒有這樣的女傭。」

「哼。看來你有時也滿謙遜的。」

他面露不悅，把臉一撇不理友人，逕自呼喚旁邊的伯勞，

「嘰嘰，嘰嘰。」

「嘰嘰嘰嘰嘰嘰嘰嘰。」伯勞彷彿要吹散周遭一切，高聲應答。

這隻伯勞雖然和貓頭鷹一樣屬於猛禽類，卻保持對餵食者的親近，就像愛撒嬌的小姑娘一樣親近他。無論聽到他外出歸來的腳步聲，或是他的咳嗽聲，伯勞都會立刻啼叫。把牠放出籠子時，就會飛來他的肩頭或膝上，喜悅地抖動翅膀。

他把這隻伯勞放在枕邊當鬧鐘。天一亮，不管他翻身或動動手，或是扶正枕頭，鳥都會「戚戚戚戚」地撒嬌，就連他吞口水的聲音，鳥也會「嘰嘰嘰嘰」地應答，之後叫他起床的嘹亮聲音，就像閃電貫穿生活的早晨，異常爽快。鳥和他幾度呼應，等他徹底清醒後，就模仿各種鳥開始輕輕婉轉啼鳴。

讓他產生「今天又是美好的一天」這種念頭的，首先是伯勞，繼而各種小鳥的叫聲也相繼響起。他穿著睡衣捻起飼料餵食，飢餓的伯勞立刻兇狠咬住，不過他把那也視為愛情。

即使是外宿一晚的小旅行，他也會夢見那些動物因而半夜驚醒，所以他幾乎從不出門。或許是因為這個習慣太根深蒂固，有時即使外出訪友或購物，一個人在半路上也會覺得無趣，索性直接折返。沒有女伴時，他就只好帶著小女傭一起去。

去看千花子的舞蹈時，他也是叫小女傭拿著花籃同行，所以無法打退堂鼓直接折返。

當晚的舞蹈發表會是某家報社主辦，有十四、五名女舞蹈家競相表演。他已有兩年沒看過千花子表演了，她的舞技之墮落令他不忍卒睹。曾經的野蠻力量，如今只剩惡俗的媚態。舞蹈的基礎形式，也和她曾經緊緻的肉體一同走樣。

雖然被計程車司機那樣說，可是路上遇到喪禮，家中又有戴菊的屍體，他藉口這樣不吉利，命令小女傭替他把花籃送去後台。據說千花子聲稱很想見他一面，可是看了剛才的舞蹈，他實在不忍和她多說，只好趁著短暫的中場休息時間去後台，到了休息室門口，他還不及愣住就立刻躲到門後。

因為千花子正在讓年輕男人替她化妝。

那張靜靜閉眼，伸長脖子似乎微微仰起，任由對方擺布，動也不動的雪白臉孔，還沒有塗上唇膏描畫眉毛和眼線，因此看起來就像毫無生命的人偶。簡直像是死人的臉。

將近十年前，他曾經想與千花子殉情自殺。當時，他整天把「好想死」掛在嘴上，其實並沒有什麼非死不可的理由。只不過是在單身和動物為伍的生活中，彷彿驟然浮現泡沫花似的念頭。所以，看似只等旁人從別處帶來人世的希望，茫然任人擺布，甚至談不上算是活著的千花子，讓他感到應該是自殺的好伴侶。千花子果然又露出那種不知自己的行為有何意義的神情，二話不說就點頭同意，只是提出一個條件，

「死時據說會雙腳掙扎掀起裙擺，所以請把我的雙腳綁緊。」

他用細繩綑綁時，不由再次驚嘆她的雙腳之美，甚至暗想，

「將來人們可能會說我居然能和這樣的美女殉情吧。」

她背對他躺下後，漠不關心地閉上眼，稍微伸長脖子。然後雙手合十。頓時，虛無的可貴如一道閃電擊中他。

「啊，不能死。」

當然，他不想殺人也不想死。至於千花子是認真的還是開玩笑，不得而知。她的表情似乎兩者皆非。那是盛夏的某個午後。

但他異常驚愕，後來再也沒有自殺的念頭，也不再掛在嘴上。當時他在心底發誓，不管發生任何事，都必須永遠感激這個女人。

讓年輕男人在臉龐畫上舞蹈妝彩的千花子，令他想起她昔日雙手合十的臉孔。剛才一上計程車就浮現的白日夢，也是這個。即便是夜晚，只要想起千花子就會產生被盛夏白晝的耀眼陽光籠罩的錯覺。

「不過話說回來，我為何不假思索地躲到門後呢？」他嘀咕著沿走廊折返，有個男人親密地對他打招呼。他一時想不出此人是誰，男人已異常興奮說，

「果然是好啊。這麼多人一起跳舞，就能清楚發現果然還是千花子跳得好。」

「噢。」他想起來了。此人是千花子的丈夫，那個伴奏的。

「最近還好嗎？」

「嗐，一直想去拜訪您。其實去年年底我跟她離婚了，不過千花子的舞蹈果然還是出類拔萃。真好。」

他感到自己也得發現什麼甜美的事物，莫名驚慌地幾乎窒息。頓時，一句話浮現腦海。

他懷中正好有十六歲早夭少女的遺稿集。對於現在的他而言，看少年少女的文章是最大的樂趣。那個十六歲少女的母親，似乎是親手替女兒的

遺容化妝，在女兒死去那天的日記結尾寫的那句話是，
「有生以來初次化妝的臉孔，宛如新娘。」

〈解說〉

關於《伊豆的舞孃》

三島由紀夫

新潮社出版的《川端康成全集》第一卷收錄〈伊豆的舞孃〉，第二卷收錄〈溫泉旅館〉，第四卷收錄〈抒情歌〉和〈禽獸〉。我的解說也就大致按此順序吧。

〈伊豆的舞孃〉是原稿中最長的部分，這點在全集的後記也有提及。這是偶然暗示出這位作家小說技術的有趣插話。早在〈十六歲日記〉便可看出，無論擷取作者眼中現實的任何部分，都能構成作品架構的這種罕見天賦，在本作也同樣可以找到證據。〈伊豆的舞孃〉就架構而言也非常完整，作品完全沒有那種零碎片段之感。就像方解石的大塊結晶不管怎麼粉碎，也只是化整為零變成同樣形狀的細小結晶，川端氏的小說，沒必要對小說的長短與結構的關係費神苦思。這是純粹被選擇、被限定、被固定、被結晶化的資質，進行擴大與應用與鋪陳的運動軌跡，問題在於這種具有魔術般內在普遍性的資質，是如何被發現的微妙經過，以及那種發現能力開花結果的過程。〈伊豆的舞孃〉就是最適合用來追溯這個過程的作品，比方說川端氏所有作品的重要主題——「處女主題」，就在本作初露端倪。

「感覺就像野史中誇張描繪的那種頭髮茂密的姑娘。」

「……她還是個小孩子呢……開朗的喜悅令我笑個不停。」

「臉上還留著昨夜的濃妝。嘴唇和眼角的胭脂有點暈開。」

「舞孃在餐廳二樓端坐打起大鼓。」

透過這些靜態的、以及動態的素描明確構成的處女，內在世界完全任由讀者想像。川端氏多虧有這個「處女主題」，所以才能躲過與他同時代的作家悉數陷入的膚淺偽近代化心理主義的感染。世人將之稱為抒情，但〈伊豆的舞孃〉結局呈現的「甜美的暢快」怎麼會是抒情！這毋寧是反抒情的。這篇精彩的少作（編按：作家年輕時的作品），簡直像是專門寫來證明光靠「甜美的暢快」絕對無法成立這種作品。我特別提到這是少作。〈伊豆的舞孃〉擁有日本作家難得一見的青春本身不成熟之美（如果「少作」這個字眼能夠賦予正面意義的話），堪稱絕對不代表作品不成熟的真正少作。

處女的內在世界，本就不可能成為表現的對象。侵犯處女的男人，絕對無法了解處女。不侵犯處女的男人，也無法充分了解處女。那麼歸根究柢處女是否可能「存在」呢？這種不可知的痛苦認識，人們稱之為川端式的抒情，其實是想把這種痛苦認識推向不可知，在精神上產生的某種純潔的焦躁。因為是焦躁，所以需要乍看之下曖昧不明的語法。但這種曖昧不明是正確的曖昧不明。

到此，處女性的祕密，就會成為藝術作品存在世間的祕密化身。由此產生關於表現本身的不可知作用的努力表現。「抒情式」神祕主義就屬於這種性質，因此〈抒情歌〉在川端氏的所有作品中才會具有重要的象徵地位。

附帶一提，〈伊豆的舞孃〉描寫的南伊豆明媚秋季風光，在作者的極短篇〈謝謝〉也再次呈現無與倫比的美感，還請讀者一併閱讀。

〈伊豆的舞孃〉是大正十一年至十五年的作品，〈溫泉旅館〉則是寫於昭和二年。這篇異常複雜的小說，描寫旅館女服務生和酒女們從晚夏至冬天的變遷，反而透過單純的季節感來擷取許多女子的命運轉變，作家這種視角，可以視為他在〈伊豆的舞孃〉後的成長。季節並不只是一種情境設計。蕉風[1]覺醒的俳諧真意彷彿就在其中，季節感，就是用最單純、最

1 蕉風，俳人松尾芭蕉（1644-1694）主導的俳句風格。

強韌的眼光去捕捉人類變遷的唯一線索。而讓這種單純的擷取變成可能的漫不經心（或者說嫌惡）的背後，有小說人物的命運和作者身為藝術家的命運之間諷刺的強烈對比，因此讓表現出的單純無限豐富。這個主題最激烈的發展，在昭和八年誕生了名作〈禽獸〉。

〈禽獸〉悽愴地演奏出小說家身為人類卻多產的悲哀。這篇作品單純視為寓言（allegory）來閱讀，或許更容易觸及作者的創作心理。比方說，諸位不妨一邊想像作家望著自己生出的作品時那種眼神，一邊閱讀以下這一節。

「這隻母狗是第一次來月經，身體尚未發育成熟。因此牠的眼神，似乎還懵懂不知何謂分娩。

牠似乎在想，『自己的身體現在究竟發生了什麼事？雖然不大明白，總之好像很麻煩。該怎麼辦才好？』母狗有點尷尬地難為情，同時卻又異常天真地任人擺布，對於自己的行為，似乎不覺得必須負任何責任。」

這隻狗的眼神，和作家望著自己作品的眼神，是我們能夠想到的最精彩、也最殘酷的對比。作家本來有權擁有這隻狗的眼神——這似乎就是作者絕望的夢想。狗的眼神，也許就是造物主的眼神？造物主或許就是用這樣天真且不負責任的眼神，看著自己造出的人類？那是我們在探尋人類存在的意義時，不得不陷入的可怕懷疑。藝術家對於生來具有人類的視角而感到被苛責。本來他有權生來就有這種狗的視角。如此一來，創作不知會是多麼容易、多麼純粹且毫無痛苦的行為。既然從事創作，擁有那種視角應該是當然的權利才對。可是作家卻被課以人類的視角，不得不用那種視角去探究事物。藝術家苦於這種存在的雙重性，而且捨棄其中任何一方都等於藝術生命的死亡。

〈禽獸〉瀰漫的厭人症，總是伴隨嘔吐。對人的厭惡轉而針對自我，據此進行創作，導致瀕於危殆。這種迫切危機下產生的作品是一種不幸的奇蹟，也是反論式的僥倖，但作家仍能寫出〈禽獸〉的神祕根源，早在前一年（昭和七年）的〈抒情歌〉中，便已豐沛明朗地道出。

在我個人看來，〈抒情歌〉是論述川端康成的人必須一再閱讀的重要作品。

運用這種令人想到明治時代女人穿著嚴整和服的文體，描述出白晝的神祕世界，正是川端氏最誠摯的「童話」，而所謂的童話，也正是最純粹道出的告白。

川端氏這樣扭曲自我存在方式的作家，反而在〈禽獸〉這種作品中，沒有造就告白卻造就了寓言。另一方面，又用〈抒情歌〉這種作品，肆無忌憚地一再告白。那和志賀直哉[2]某種作品呈現的自我暴露（幾乎已到非文學的地步）成為有趣的對比。在〈抒情歌〉中，可以看出作者對生命的嗜慾透過自我的消滅（靈魂）道出，藉由自我得以保持的今生生命的責任，就是「可貴抒情詩的汙點」。

我們立刻會想起威廉·布萊克[3]的《天真之歌》（*Songs of Innocence*）。

想起他那些以完美的童心歌頌的最高詩篇。布萊克兒時，見過大批天使聚在樹蔭邊唱歌邊拍動燦爛雙翼的情景。他也聲稱見過先知以西結[4]在自家附近的原野歇腳，因此被母親揍了一頓。

一如布萊克挨揍，這種懲罰也在川端氏的身上留下藝術家的烙印。

「睡在你身旁時，我從未夢見你。」

愛就是這麼回事——作者異常現實地如此訴說。睡在某人身旁時，我們不會夢見那人。在無夢的睡眠中，是否任何表現手法皆有可能？如果不可能，那麼愛是無法表現的嗎？〈抒情歌〉的女主角神奇的靈異天賦，是

---

2 志賀直哉（1883-1971），被譽為「小說之神」，他以簡潔精準的文體及描繪入微見長，確立了日本近代語文的基本模式。

3 威廉．布萊克（William Blake, 1757-1827），英國浪漫主義詩人、畫家。

4 以西結（Ezekiel），聖經中的祭司，西元前六世紀被擄至巴比倫期間看到異象，做出預言。

女人不得不敘述這種愛、觀看這種愛、表達這種愛的悲劇。而且她甚至沒有接到戀人的死訊……

那是預知的天賦。那種天賦在人間毫無價值。即便如此，還是清楚看見船尾寫有「第五綠丸」的汽船幻影……

——至此，我體會到作品當然不可能被解說。

昭和二十五年八月

伊豆的舞孃

作　　者　川端康成
譯　　者　劉子倩
編　　輯　林杰蓉

總 編 輯　李映慧
執 行 長　陳旭華（steve@bookrep.com.tw）

社　　長　郭重興
發 行 人　曾大福
出　　版　大牌出版 / 遠足文化事業股份有限公司
發　　行　遠足文化事業股份有限公司
地　　址　23141 新北市新店區民權路 108-2 號 9 樓
電　　話　+886-2-2218-1417
傳　　真　+886-2-8667-1851

印務協理　江域平
封面設計　許晉維
排　　版　新鑫電腦排版工作室
印　　製　成陽印刷股份有限公司
法律顧問　華洋法律事務所　蘇文生律師

定　　價　380 元
初　　版　2023 年 1 月

電子書 E-ISBN
9786267191330（PDF）
9786267191323（EPUB）

國家圖書館出版品預行編目資料

伊豆的舞孃 / 川端康成 著 ; 劉子倩 譯 . -- 初版 . -- 新北市 : 大牌出版 , 遠足文化發行 , 2023.01
208 面 ; 13.6×19.2 公分
譯自 : 伊豆の踊子

ISBN 978-626-7191-31-6（精裝）

861.57　　111002831